诗 景 延 安

曹树蓬　霍志宏　编著

陕西新华出版传媒集团

三 秦 出 版 社

图书在版编目（CIP）数据

诗景延安 / 曹树蓬，霍志宏 编著．—西安：三秦出版社，2019.12

ISBN 978-7-5518-2140-7

Ⅰ.①诗… Ⅱ.①曹… ②霍… Ⅲ.①诗集—中国 Ⅳ.①I22

中国版本图书馆 CIP 数据核字（2019）第 287792 号

诗景延安

曹树蓬　霍志宏　编著

责任编辑　高　峰

出版发行　陕西新华出版传媒集团　三秦出版社

社　　址　西安市雁塔区曲江新区登高路 1388 号

电　　话　（029）81205236

邮政编码　710061

印　　刷　三河市嵩川印刷有限公司

开　　本　787mm×1092mm　1/32

印　　张　14.625

字　　数　281 千字

版　　次　2019 年 12 月第 1 版
　　　　　2021 年 7 月第 2 次印刷

标准书号　ISBN 978-7-5518-2140-7

定　　价　68.00 元

网　　址　http://www.sqcbs.cn

序

薛恩宇

　　黄土高原是中华民族发祥的摇篮之一，是民族融合的重要区域。延安是黄土高原上的一颗璀璨的明珠，不仅自然风光独特优美，而且具有悠久的历史，是首批命名的国家历史文化名城之一。在漫长的历史进程中，无论是割据自雄还是统一王朝，无论是战乱兵燹还是承平年代，延安的地方官吏、士子佳人，巡视的封疆大吏，游览的文人骚客，贬谪的失意政客，面对世事的沧桑，功业的成败，旅途的艰危，异乡的羁思，在延安这片广袤的黄土地上触景生情，有感而发，用慧眼发现自然奇观，用智慧创造人文胜景，用才华抒发细腻情怀。他们中间不乏我国著名思想家、政治家、军事家、文学家、艺术家、史学家，这些古圣先贤咏诗作赋，对延安的山水草木、城垣楼台、祠寺塔窟、前人遗迹给予各自描述与评价，赋予寻常事物、普通景观以文化意蕴，形成丰厚的文化积淀。延安，由此入史入志，入经入典，入诗入画，也深深浸入每位华夏儿女的心中。"独创文明开草昧，高悬日月识天颜"，黄帝陵成为中华文明的精神标识；"高耸入云端，塔尖指方向"，延安宝塔成为中国革命的精神标识；"涌来万岛排空势，卷作千雷震地声"，壶口瀑布成为中华民族自强不息、昂扬奋发的精神标识。这些最具代表性的景观中，留下大量脍炙人口的诗作，使延安诗意盎然、魅力无穷。

这些绚丽多姿、内涵丰富的自然人文景观，造就了延安举世无双的旅游资源。如何深入挖掘整理历史文化遗产，传承陕北文化和延安精神，对建设文化旅游强市至关重要。更好地利用延安得天独厚的旅游资源，增加文化魅力，繁荣旅游事业，是摆在广大文化旅游工作者面前的重要任务。为此，延安旅游集团总公司研究决定，同延安市地方志办公室合作，聘请文史专家曹树蓬、霍志宏二位同志，整理编纂《诗景延安》一书。希望通过此种方式，展示延安厚重的文化积淀，为我市文化旅游产业增添新的视点，成为一张文化名片，宣传推介延安，彰显延安特色，弘扬延安精神，助推延安旅游产业内涵式发展。

是为序。

目　录

宝塔延河　历史名城　宝塔区

塞芦烽堠　鼙鼓动地　安塞区

金

明

清

安定钟灵　山河毓秀　子长市

铁边宁塞　洛水之源　吴起县

丹霞边寨 红都保安 志丹县

驿道枣花　河曲文华　延川县

现代

油井涵润　翠屏春深　延长县

元

明

美水劳山　幽谷银杏　甘泉县

现代

鄜州羌村　塔影钟声　富县

唐

清

壮阔壶口　先贤遗风　宜川县

明

清

鄜畤故地 大塬果乡 洛川县

桥山沮水　祖陵圣地　黄陵县

林海绿谷　苍岭古落　黄龙县

宝塔延河　历史名城

宝塔区

　　宝塔区位于陕西省北部，延安市中部。夏属雍州，商属鬼方。春秋为白狄居住地。秦汉属上郡。北魏至隋初，先后置广武、丰林、沃野、临真、肤施等县。隋大业三年（607）设延安郡，治所肤施。唐设延州，领肤施、丰林等县。北宋初为延州，元祐四年（1089）升延州为延安府，治所肤施。金延安府属鄜延路，领肤施、临真等县。元设延安路，明、清为延安府，治所肤施。陕甘宁边区设延属分区，公署驻延安市。1949 年，延安市与延安县并为延安县；撤临镇县，临镇、金盆、阳湾 3区及延长县第二区唐家坪乡并入延安县。1975 年撤销延安县，并入延安市。1996 年 12 月，延安撤地设市，延安市改称宝塔区。政治军事地位独特，宋代为重要关塞，韩琦、范仲淹、庞籍、沈括等先后镇守延州，留下大量题咏及后人缅怀诗词。明代系九边重镇之一，延绥显宦名士感赋颇多。光照千秋的十三年，延安为中共中央所在地，是举世瞩目的革命圣地、中国共产党人的精神家园，各界人士笔赞不绝。境内文物遗址和革命纪念地众多，是国务院首批公布的24个历史文化名城之一，有唐代宝塔、宋代石刻、清凉山寺观等古遗迹400余处，有以枣园、杨家岭、王家坪、凤凰山为重点的十大革命旧址和纪念地180多处。清康熙《延安府志》载肤施八景，即曲磴凌霄、幽崖滴翠、寒泉漾月、古塔屯云、危栏凭旭、邃洞藏秋、穹阁观澜、晚山开霁。

唐

钱　起　字仲文，吴兴（今浙江吴兴）人。天宝十载（751）进士，官秘书省校书郎，蓝田县尉，考功员外郎。

题延州①圣僧穴
钱　起

定力无涯不可称，未知何代坐禅僧。
默默山门宵闭月，荧荧石壁昼然灯。
四时树长书经叶，万岁岩悬拄杖藤。
昔日舍身缘救鸽，今时出见有飞鹰。

【注释】

①延州：西魏恭帝元年（554），设延州，辖4郡。隋大业三年（607），改设延安郡。唐武德元年（618），撤延安郡，设延州；天宝元年（742），改设延安郡；乾元元年（758），

复设延州，领肤施、丰林、临真等 10 县。宋元祐四年（1089），
延州升延安府。

李　益（748—829）　字君虞，姑臧（今甘肃武威）人。
大历四年（769）进士，官集贤殿学士，礼部尚书。

赋得路傍①一株柳送邢校书赴延州使府

李　益

路傍一株柳，此路向延州。

延州在何处，此路起悠悠。

【注释】

①路傍：当作路旁。此据《钦定四库全书·御定全唐诗》。

宋

向敏中　字常之，开封人。太平兴国五年（980）进士，
官兵部侍郎，参知政事，后出知永兴军。景德二年（1005），
为鄜延路都部署、知延州。

延安①守岁

向敏中

律管风生消暮景，塞原烟静绝妖氛。

坐移残烛光阴变，故旧年华一夜分。

【注释】

①延安：隋仁寿元年（601），避太子杨广讳，广安县改称延安县，辖地为今延长县马山、白家河、庆家原以西地区。宋元祐四年（1089），延安府，治所驻肤施，领肤施、临真、甘泉、敷政、延川、延长、门山7县、3城、5寨。

宋　祁（998—1061）　字子京，祖籍开封雍丘(今河南杞县)，徙居安州安陆(今属湖北)。天圣二年（1024）进士，官史馆修撰，工部尚书。参修《新唐书》，有《景文集》传世。

和延州三咏

宋　祁

济胜桥

溪光倒彴影，彴影跨溪垠。
非论权取意，聊订济涉仁。

八览亭

亭轩入空碧，极眺烦虑开。
汉树有葱蒨，陇云多徘徊。

清润堂

水容静若鉴，天影倒虚明。
勿使川风动，波生便不平。

和延州经略庞龙图八咏①

宋　祁

迎熏亭②

飞宇棘南傺，以待风之熏。
因君奉扬力，并慰塞下人。

供兵硙③

硙湍方电激，麪屑已云霏。
诚哉智者乐，力少功不訾。

延利渠④

遵蒙本山下，渠激流且迅。
无嫌万折劳，思迴九里润。

柳　湖⑤

波平柳苒苒，湖与柳共色。
攀条弄潺湲，坐送春晖昃。

飞盖园⑥

千骑亟游赏，宾盖纷相随。
不知是日欢，何如清夜时。

翠漪亭

凭栏玩文漪，日与赏心遇。
汀筱陵砌繁，沙禽冒波鹜。

禊　堂

悠悠水周堂，堂上列禊宾。
宾劝使君酬，无为负良辰。

【注释】

①庞龙图：指庞籍，知延州时在城南建柳湖。八咏存七，缺《缘云轩》。

②清康熙《延安府志》："迎熏亭、禊堂、翠漪亭，以上三址皆韩魏公琦创，俱在柳湖上。"

③供兵硇：明弘治《延安府志》："在城南。"

④延利渠：明弘治《延安府志》："在城南三里。"

⑤柳湖：清康熙《延安府志》："柳湖，在城南五里。延利渠从北入城，复穿城南出，溢而为湖，以多种柳于堤上，名柳湖，在嘉岭山下。"

⑥飞盖园：明弘治《延安府志》："在城南三十五里，庞籍游乐处，俗名乐游园。"

州将和丁内翰寄题延州龙图新开柳湖五阕
宋　祁

湖中新水照春辉，绿遍垂杨千万枝。

此地得非名细柳，暖烟偏照亚夫旗。

闲驻春旗玩碧浔，波光杳杳树阴阴。
便将塞下风沙意，回作江南烟水心。

浚湖栽柳重城下，弄水攀条三岁中。
谁见使君欹帽处，鸭头波上雪花风。

弱柳毵毵湖上天，天青湖碧此留连。
东方千骑浮云骏，折得春枝便作鞭。

昔人杨柳咏依依，曾与征夫说戍期。
看尽春条君莫叹，湖边雨雪是归时。

范仲淹（989—1052）字希文，苏州吴县人。进士，康定元年（1040）任龙图阁直学士、陕西经略安抚招讨副使，户部郎中兼知延州，谥文正。有《范文正公文集》传世。

依韵和延安庞龙图柳湖
范仲淹

种柳穿湖后，延安盛可游。
远怀忘泽国，真赏即瀛洲。
江景来秦塞，风情数庾楼。
刘琨增坐啸，王粲斗销忧。

秀发千丝堕，光摇匹练柔。
双双翔乳燕，两两睡驯鸥。
折翠赠归客，濯清招隐流。
宴回银烛夜，吟度玉关秋。
胜处千场醉，劳生万事浮。
主公多雅故，^①思去共仙舟。

【注释】

①作者自注："余与龙图公同年，复为延安交政。"

渔家傲·秋思
范仲淹

塞下秋来风景异，衡阳雁去无留意。四面边声连角起。
千嶂里，长烟落日孤城闭。

浊酒一杯家万里，燕然未勒归无计。羌管悠悠霜满地。
人不寐，将军白发征夫泪。

清凉漫兴
范仲淹

金明阻西岭，清凉峙其东。
延水^①正中出，一郡两城雄。

上上清凉山，^②委蛇复奇怪。

阁楼倚云岑，万井如天外。

凿山成石宇，镵佛一万尊。
人世亦稀有，神功岂无存。

洞以仙人名，仙去洞还在。
曲径白云深，幽栖自可爱。

【注释】

①延水：明弘治《延安府志》："在城东门外，源出安塞县西北芦关岭东南，流入肤施县境，又经延长县入黄河，俗称濯筋水。相传尸毗王割身救鸽，身肉并尽，于此濯筋骨，因名。"

②清凉山：明弘治《延安府志》："在城东北七十步，上有尸毗岩，相传昔尸毗王修行处。又有万佛洞，内大小石佛万余。"清康熙《延安府志》："城东北巅，曰太和。"

司马光（1019—1086）字君实，山西夏县人。进士，庆历四年（1044）适延州。拜左仆射兼门下侍郎，封温国公，谥文正。著《资治通鉴》，有《司马文正公集》传世。

延安道中作

司马光

羁旅兼边思，川原喋血新。
烟云长带雨，草树不知春。

细水淘沙骨，惊飚转路尘。
今朝见烽火，白首太平人。

塞上四首
司马光

节物正秋防，关山落叶稠。
霜风壮金鼓，雾气湿旌裘。
未得西羌灭，终为大汉羞。
惭非班定远，弃笔取封侯。

鸿雁秋先到，牛羊夕未还。
旌旗遥背水，亭堠远依山。
落日衔西塞，阴烟澹北关。
何时献戎捷，鞍甲一朝闲。

瀚海秋风至，萧萧木叶飞。
如何逢汉使，犹未寄征衣。
不叹千里远，难甘一信稀。
年年沙漠雁，随意得南归。

剑客苍鹰队，将军白虎牙。
分兵逻圁水，纵骑猎鸣沙。
浪有书藏袖，难凭信达家。
不堪闻晓角，吹尽落梅花。

奉和经略庞龙图延州南城八咏

司马光

迎熏亭

华馆压清波，坐待南风至。
须知明牧贤，善达吾君意。

供兵碾

晨暮响寒泉，飞轮驶风转。
士饱气益振，轻与先零战。

柳　湖

依依烟未歇，漠漠风初静。
浮花满波面，不见参差影。

飞盖园

军中富余暇，飞盖南城隈。
雍容陪后乘，一一应刘才。

翠漪亭

雕檐日华动，混漾照漪涟。
四月芰荷满，不似在穷边。

延利渠

枝分清浅流，纵横贯城市。
还如恩在人，润泽无终既。

缘云轩

逼汉敞高岩，缘云结飞阁。
东山草树曛，致足登临乐。

禊　堂

箫鼓震阳休，组练照芳洲。
意气坐中客，羞笑山阴游。

游延安宿马太博东馆①

司马光

高馆寂无哗，安闲胜在家。
暮烟凝塞上，堠火落天涯。
坐久笔生冻，夜阑灯作花。
主人意未尽，归路不为赊。

【注释】

①作者自注："字承之"。马太博，即马端，字承之，京兆
鄠县（今西安市鄠邑区）人。

沈　括（1031—1095）字存中，钱塘（今浙江杭州）人。进士，元丰三年（1080）任鄜延路经略安抚使、知延州。有《梦溪笔谈》传世。

延州诗
沈　括

鄜延境内有石油，旧说高奴县出"脂水"，即此也。生于水际，沙石与泉水相杂，惘惘而出。土人以雉尾裹之，乃采入缶中，颇似淳漆，燃之如麻，但烟甚浓，所沾幄幕皆黑。予疑其烟可用，试扫其煤以为墨，黑光如漆，松墨不及也，遂大为之，其识文为"延川石液"者是也。此物后必大行于世，自予始为之。盖石油至多，生于地中无穷，不若松木有时而竭。今齐鲁间松林尽矣，渐至太行、京西、江南，松山大半皆童矣。造煤人盖未知石烟之利也。石炭烟亦大，墨人衣，予戏为《延州诗》，云：

> 二郎山下雪纷纷，旋卓穹庐学塞人。
> 化尽素衣冬未老，石烟多似洛阳尘。

延州柳湖三首
沈　括

> 萧洒征西府，青林隐万家。
> 楼高先见月，山近不藏花。

雨急喧流水，溪深噪乱鸦。
笙歌乘酒兴，可复问天涯。

汉使雕阴道，秦关白翟宫。
山川红斾里，日明翠微中。
社后寒犹峭，春残草木浓。
花前江国兴，并觉此时同。

日暖闲园草半薰，不堪春兴蝶纷纷。
山烟梦鬆成微雨，关月帘纤出断云。
三弄倚楼喧晚操，六花分队驻新军。
终年不见江淮信，吟向胡笳永夜闻。

明

王　骥（1378—1460）字尚德，保定束鹿（今河北辛集）人。永乐四年（1406）丙戌科进士，官山西按察司副使，兵部尚书，谥忠毅。

万佛寺①

王　骥

奉命巡西徼，乘骢到塞边。
偶登三宝地，了却一生缘。

瞻礼山间佛，烹尝石内泉。

不须游琅苑，只此是飞仙。

【注释】

①万佛寺：清康熙《延安府志》："在府东清凉山。大小石佛万余，多金元旧碣。"

赵　英　字廷杰，陕西临洮（今属甘肃）人。世袭临洮卫指挥使，官陕西都司都指挥使，副总兵。

敕统□□大兵延绥等处，游击胡虏，护安居民，驻麾山下，因游玩尸毘岩胜迹。万佛禅寺谒相俨然，不胜兴感，偶笔成诗，遂镌诸石，以纪岁月云耳

赵　英

梵王宫阙古岩前，高倚云间咫尺天。

雾锁山头无俗侣，霞流洞府有飞仙。

地连朔漠疆千里，水接东溟漾百川。

愿浣甲兵常不用，好来此地问僧禅。

大明成化二年龙裹丙戌秋七月中浣日

张　翊　合肥人。官灵州守备，宁夏游击将军。

时成化三年夏四月，钦承敕命，率领西夏精锐官军从□□□□□游击于延绥，北虏闻风远遁，予□□□□至此，睹峰峦崔嵬，楼阁峥嵘，不□□□□，俚语以纪之

张　翊

公暇联镳游胜迹，横金望晚日暮还。
平河环翠遍宜赏，料峭层峦不可攀。
仙侣更期僧禅事，清凉山映古峰山。
得逢故旧作俗客，好与僧家半日闲。

尝与故旧相期，今日得游，始成其愿。而仙而俗，毕竟反悖，不得已自作缚。归去乃语此中消息，众皆从吾意，更相许，乃又为之记。合肥□□张翊书。

白　圭（1419—1475）　字宗玉，北直隶南宫（今河北南宫）人。正统七年（1442）壬戌科进士，官山西按察司副使，兵部右侍郎，工部尚书，兵部尚书，谥恭敏。

范公祠①

白　圭

文武才贤间气钟，先忧后乐见精忠。
朝廷独倚安危计，草木咸归匡济功。
晓月雕弓闻战马，秋风王怀老元戎。
声光匪直当时重，犹有清朝庙祀崇。

【注释】

①明弘治《延安府志》："韩范二公祠：在城东一里余。范仲淹镇延时有功于民，民怀之为建祠。元末燬于兵，祠废。国朝正统间，郡人因其故址，白于知府陈虬重建，学士曾鹤龄为记。弘治间，监察御史李瀚按临，谒仲淹祠，以韩魏公琦在宋时，亦镇延有功，与仲淹等，何独无祠，令以魏公增入。于是，知府崔升遂广其旧址，易堂三间，增为五间，两廊各五间，门一座，塑二公像于内。"

紫极宫①

白　圭

闲步到仙家，高槐散晓鸦。
玄坛风浩荡，福地日光华。
松护千年鹤，炉烧九转砂。
春风连夜起，开遍碧桃花。

【注释】

①紫极宫：明弘治《延安府志》："在城东一里许。宋元丰初，道士郎道虚建。洪武间，并太乙、三清、保真为一，立道纪司。"

余子俊（1428—1489） 字士英，青神（今四川夹江）人。景泰二年（1451）辛未科进士，官右副都御史、巡抚延绥，兵部尚书。

范公祠①

余子俊

文武才名重古今，严祠何幸睹缨簪。
闻风曾破羌戎胆，向日常悬忧乐心。
故鼎有烟香篆续，断碑无字雨苔侵。
枝头鸟弄春声好，似共人间颂德音。

【注释】

①清乾隆《延长县志》题作《干谷驿谒范文正公祠》："文武才名重古今，祠瞻荒驿柏森森。闻风曾破羌戎胆，向日常存忧乐心。故鼎有烟香篆续，断碑无字雨苔侵。枝头鸟语春声好，似共人间颂德音。"此据明弘治《延安府志》。

庞　胜　蓟州（今天津市蓟州区）人。天顺元年（1457）己丑科进士，官陕西右参政。

范公祠
庞　胜

后乐先忧比训词，忠诚炳炳照华夷。
半生功业千年著，一代文章百世师。
黎庶倾心居相日，羌戎破胆守边时。
封疆依旧人何在，明月清风伴古碑。

李延寿　济南府新城（今山东桓台）人。成化五年（1469）己丑科进士，弘治八年（1495）任延安知府，官河南右参政。修《延安府志》。

初入郡境延绥道中
李延寿

叠嶂重遮路转斜，人烟寥落重堪嗟。
峰头辟土耕成地，崖畔剜窑住作家。
濯濯万山无草木，萧萧千里少禽鸦。
吾民何日如中土，桃李春风处处花。

府学①新迁落成示勉诸儒生

李延寿

四山环拱地形奇，济济英贤得所栖。
河引清流横玉带，城连甲第倚云梯。
千年道学传邹鲁，万丈文光射璧奎。
试看地灵人自杰，从今科第振关西。

【注释】

①府学：明弘治《延安府志》："学在城北关之西隅，坐北面南。""知府李延寿至，乃因旧地，相度东向，背山面水。"

丁巳重九登嘉岭山①

李延寿

延安三度见重阳，邀客登高一举觞。
斑鬓莫嗟随日改，黄花犹似去年香。
云开华岳三峰秀，风肃长空几雁翔。
对景闷怀须暂释，边城秋尽尚无霜。②

【注释】

①嘉岭山：明弘治《延安府志》："在城东南一百八十步南河滨。宋文正公范仲淹守延时书'嘉岭山'三大字刻崖石。"

②诗末作者自注："以今岁薄收，故末句云然。"

公庭晚晴坐对嘉岭山遣兴

李延寿

嘉岭叠叠倚晴空，景色都归夕照中。
塔影倒分深树绿，花枝低映碧流红。
幽僧栖迹烟霞坞，野鸟飞归锦绣丛。
翘首峰头故营垒，令人追忆范文公。①

【注释】

①诗末作者自注："以峰头旧有文正公营垒，故末句云云。"

游牡丹山诗二首

李延寿

府治南四十里许，有山曰花原头。山畔有崔府君庙。按《搜神记》："府君讳子玉，祁州鼓城人，仕唐，为长子县尹，有异政，后为神，屡著灵显。至宋，加封护国西齐王。"庙之前后盛产牡丹。前此，寮宷邀余同赏。余曰："天道久旱，方事祈祷，何暇遊乐耶？若祷而得雨，当出视农事，因至其山，斯可矣。"既而大雨霑足。同寅柴君存敬，复以为言，乃偕柴及延安卫指挥使张君得中，联辔出郊。其日，云收雨霁，风和景明，耕夫秉耒于野，蚕妇摘叶于圃，与未雨前气象顿殊。而山前牡丹盛开，娜娜盈盈，芳馨袭人。古人所谓四难者并之矣。遂以所携酒肴对花欢饮，余因成近体二诗，特遣一时之兴耳，言之工拙，不暇计云。

> 劝巡行到牡丹山，①花发偏宜雨后看。
> 万朵鲜荣无异种，一樽吟赏有同官。
> 清香动处风初红，乌帽簪来露未干。
> 自是天然真富贵，何须百宝巧为栏。

> 一株豪屋②人争赏，宁似延安花满山。
> 远近随风香馥郁，高低迎日锦斓斑。
> 好承雨露时滋息，莫遣儿童浪折攀。
> 只恐和根移上苑，追陪黄紫近天颜。

【注释】

①牡丹山：清康熙《延安府志》："南四十里，产牡丹极多，樵者为薪，一名'花园头'。相传杜甫避乱尝游此。"今名万花山。

②豪屋：使屋豪奢。此句化用唐代罗邺《牡丹》诗："落尽春红始著花，花时比屋事豪奢。"

范公祠

李延寿

> 遗容瞻拜慕高风，文武全才孰与同。
> 后乐先忧经世志，安边御侮济时功。

甘棠老去人心在，古庙常存祀典崇。
愧我无能希往哲，惟输忠荩报重瞳。

张　铸　平谷人。官延安府同知。

和郡守李先生题范文正公祠韵
张　铸

自向延州播德风，人心仰止古今同。
濯筋水尚流遗爱，嘉岭山犹纪大功。
万数甲兵胸自有，千年庙貌世尊崇。
而今若得斯人在，西北何劳顾舜瞳。

李　瀚　字叔渊，山西沁水人。成化十七年（1481）辛丑
科进士，成化二十三年（1487）任监察御史、巡按陕西茶马，
官吏部右侍郎，南京户部尚书。

清凉寺
李　瀚

彰武城东第一峰，悬空高捧梵王宫。
一天香雾苍茫外，千尺浮屠胜概中。
野鸟自来还自去，禅心非相即非空。
磨崖欲写登临兴，崔颢题留句已工。

李炯然　山东蒙阴人。成化九年（1473）官户部郎中。

清凉寺
李炯然

爱此招提豁倦怀，不妨车骑夕迟回。
老僧偃蹇浑忘世，佳句清新忧夺胎。
万佛阁从空外出，鹫峰泉自石根来。
下方总被云遮断，不放人间半点埃。

养气道人　四川人。余不详。

清凉寺
养气道人

禅关突兀倚云隈，名邑肤施始自来。
壁上有联追胜概，座间无地着纤埃。
崖岩寂寂栖金像，石磴层层护绿苔。
我亦登临时遍览，不妨兴尽夕阳回。

马中锡（1446—1512）　字天禄，号东田，祖籍大都，北直隶故城（今河北故城）人。成化十一年（1475）乙未科进士，官陕西督学副使，右都御史。有《东田文集》传世。

延安分司题壁①
马中锡

延州城外树苍苍，暑雨随风送早凉。
东望黄河天渐远，西连紫塞路偏长。
人歌韩范言犹在，地考金元志已亡。
为感废兴成久伫，却题诗句纪山墙。

【注释】

①明弘治《延安府志》题作《延安道中》。此据《东田漫稿》。

王彦奇　四川云阳人。弘治三年（1490）庚戌科进士，弘治十四年（1501）任延安知府，官右佥都御史、山东巡抚，南京太仆少卿。续修《延安府志》。

清凉寺
王彦奇

崖前有洞若天成，虚豁凝寒幽更深。
日射霞光辉玉相，岚开云气护山门。
鹫峰汲水悬千尺，石磴凌空第几层。
绝顶凭栏闲吊古，贼闻胆破是何人？

再游清凉寺①

王彦奇

步上城东日正西，层层楼阁与云齐。

分明目送三千里，仿佛身登万丈梯。

洞里禅僧曾入定，松间野鹤自来②栖。

晚凉更向③峰头去，银汉无声北斗低。

【注释】

①清康熙《延安府志》题作《登清凉山》。此据明弘治《延安府志》。

②来：清康熙《延安府志》作"从"。

③向：清康熙《延安府志》作"上"。

沈文华 字崇实，湖广安陆（今湖北钟祥）人。弘治九年（1496）丙辰科进士，官陕西按察司副使，陕西右参议，陕西提学。

游清凉寺

沈文华

鹫峰高倚清凉寺，一派延流万古长。

今日我来登绝顶，松风犹带旧时香。

丹岩翠壁海天秋，千里河山豁壮眸。
两腋清风无地著，披云直上最高楼。

刘　纲　延川人。弘治十七年（1504）任中部（今黄陵）教谕。

春游金盆湾①
刘　纲

山北山南春可怜，桃花带露绽红烟。
鸟衔一瓣风吹去，堕在绿杨青草边。

【注释】

①金盆湾：位于宝塔区东南部。

王　衮　字屏山，四川广安人。嘉靖二年（1523）癸未科进士，官湖广道监察御史，河南按察司副使。

清凉寺
王　衮

行到清凉别是天，无端佳致迥幽然。
崖头金像霞光湛，洞口秋藏景色鲜。
古塔屯云侵碧汉，寒泉漾月锁祥烟。
梵王种种存遗迹，千载令人耸具瞻。

董 珊 肤施（今宝塔区）人。嘉靖五年（1526）丙戌
科进士，官大理寺左少卿，右佥都御史、山东巡抚。

春游清凉寺
董 珊

万山碛里觅琳宫，冠盖乘春野兴同。
藤蔓引阶空石碣，谷虚合殿响松风。
尘缘莫浪看渠好，色相从来本自空。
坐待元谈归路晚，烟霞深处夜闻钟。

庞尚鹏（1524—1581） 字少南，广东南海（今佛山）
人。嘉靖三十二年（1553）癸丑科进士，官都察院右佥都御
史、兼理九边屯田，福建巡抚。

延安清凉寺次壁间韵时闻西警
庞尚鹏

青山云尽月初明，徙倚空悬丘壑情。
览镜亦知怜短鬓，参禅何必问长生。
耽闲堪笑浮名累，稳步须从实地行。
塞上羽书频入梦，何年重筑受降城。

钱嘉猷　湖广镇远卫（驻今贵州镇远）人。嘉靖二十三年（1544）甲辰科进士，官户部员外郎。

嘉靖丁未四月望后，同中丞董翁赴大参张东居先生招饮清凉山寺

钱嘉猷

清凉山际揽春裾，杳霭名岩望更舒。
石转嶙峋悬鸟涧，云留空翠拥僧庐。
风烟入兴偏宜句，洞壑忘恒合步虚。
高凭廓清情极远，乾坤回首愧尘车。

杨本深　肤施（今宝塔区）人。举人，嘉靖年间官山东巡按监察御史。

清凉山

杨本深

闲上招提问闭关，尸毗踪迹有无间。
幽僧扶杖朝冲雾，野鸟啼花晚傍山。
路迥凭栏危瘦骨，诗豪逐兴放愁颜。
年来碌碌真虚度，到此遨游不欲还。

杨宗气（1514—1570）　字正系，陕西延安卫籍浙江归安（今湖州）人。嘉靖二十年（1541）辛丑科进士，官山西巡

抚，南京右副都御史。主修《山西通志》，著有《寄闲堂稿》。

三台山
杨宗气

石磴磷磷嵌远空，龙宫遥在古城东。

钟声半落寒山外，梵语时闻夕照中。

短榻僧眠人不到，幽岩曲径鸟能通。

平生不解参禅诀，也对烟霞兴未穷。

九日邀饮清凉山
杨宗气

入云瞻栋宇，隔树听笙簧。

叹世频斟酒，参禅漫爇香。

鸟惊云外色，风送雨前凉。

此地已应寂，何劳问上方。

赵　彦（？—1621）　肤施（今宝塔区）人。万历十一年（1583）癸未科进士，官右佥都御史、巡抚山东，兵部尚书。

登清凉山
赵　彦

岩岩层阁倚危岑，曳屐皈依白刹深。

话对高僧闲半日，醉凭曲栏俯千寻。

金城指顾浮云迥，玉树鲜妍春色侵。

兴剧不堪归去急，斜阳落影照平林。

李本固（1559—1638）　字叔茂，河南汝宁固始（今汝南）人。万历八年（1580）庚辰科进士，官陕西蒲城知县，光禄寺卿。修《汝南志》，著《碧筠馆集》。

望延州之清凉阁
李本固

谁道长途苦，此行亦壮游。

遥瞻云里树，忽上水边楼。

坐久清入骨，风来爽似秋。

红尘飞不到，身在小瀛洲。

万历十年夏

张　朴　四川阆中人。万历二十三年（1598）戊戌科进士，官分巡河西道，南京户部尚书。

宝峰寺①
张　朴

停骖来古寺，台殿已荒芜。

迟暮嗟行役，艰危怯道途。

田畴新沐浴，景物渐昭苏。

乍入清凉界，炎蒸定是无。

【注释】

①宝峰寺：清康熙《延长县志》载，该寺位于甘谷驿。

萧如薰　肤施（今宝塔区）人。官宁夏总兵。

万佛洞①
萧如薰

孤峰悬鹫岭，②半刹捧云根。

到觉人天近，平看佛日尊。

河山连远塞，花木隐高原。

不尽登临幸，③惟闻钟磬喧。

【注释】

①万佛洞：清康熙《延安府志》："清凉胜概，在城东，即尸毗修行处，为洞者三：曰万佛，大小佛像万余，皆石镌；曰仙石，曰桃花。"

②岭：清嘉庆《延安府志》作"首"，此据清康熙《延安府志》。

③幸：清嘉庆《延安府志》作"兴"，此据清康熙《延安府志》。

杨　兆　字梦镜，肤施（今宝塔区）人。嘉靖三十五年（1556）丙辰科进士。官蓟辽总督，工部尚书。

龙溪书院①
杨　兆

朝随几杖陟遥岑，泽国茆堂下筑深。
太华彩云缠斗极，中原苍树待甘霖。
潭澄天落蛟龙影，桧蜜烟浮鹤鹤阴。
蒋径未荒芝草秀，兰标又报蹑琼林。

【注释】

①龙溪书院：明弘治《延安府志》："在府学西五七里许，旧无。弘治甲子，知府王彦奇甫自下车，恒以兴学育才为急，凡百学政罔不修举。于龙溪之水，已辟山凿崖，随其高下曲折，而引入泮池，因源头形胜幽邃，创书院一所，名曰龙溪书院，以便诸生静以成学。渠□（傍）［旁］及书院，前后植松柏榆槐千余株，烟树寒泉，幽然可爱，城西北一胜概也。"

游仙石洞①
杨　兆

石洞烟霞寄古松，振衣来上最高峰。
仙人瑶草长年绿，瀛女桃花何处红。
鸦散天风清梵暮，雕盘地轴野云重。
武陵两去河榆迥，忽漫登临醉夜钟。

【注释】

　　①仙石洞：明弘治《延安府志》："在（清凉山）山北，刻石云金皇统九年梁□□凿。"

三台山①
杨　兆

梵阁倚青莲，苔封不计年。
香杉盘曲径，宝雾散诸天。
野扩双林外，台空万壑前。
生平爱幽寂，纵步入苍烟。

【注释】

　　①三台山：清嘉庆《延安府志》："（肤施）县城南一里有三台山。"清康熙《延安府志》："城南，大通寺上。"

　　王汝梅　直隶安肃（今河北保定徐水区）人。嘉靖四十一年（1562）壬戌科进士，万历九年（1581）任榆林兵备道，都察院右佥都御史、巡抚延绥。

干谷驿中有感
王汝梅

满目黄沙天尽西，玉门关外海云迷。
封侯仲子垂霜鬓，伐宛将军倦马蹄。

自是圣明操处置，还交反侧附余黎。
太平此日应何羡，紫塞千年杨柳堤。

干谷回途次有感

王汝梅

飞度骄骢跨玉门，行收百二旧乾坤。
高标直指匈奴帐，壮志平吞把汉孙。
任你风霾来斗宿，凭吾剑气抵昆仑。
毛锥架上无何有，腰下龙泉带血痕。

杨冀龙　河南襄城人。举人，嘉靖三十二年（1553）任安定知县。

往来延川道中

杨冀龙

桃李花开富贵春，山川景物一番新。
中途回首空惆怅，瞻望潘陵①几惨神。

经过潘陵问牧童，备言马蹄山穹窿。
果然到处真难渡，不觉余心如转蓬。②

嘉靖癸丑春三月吉文林郎丁酉经魁襄城颖涯杨冀龙谨识

【注释】

①清雍正《安定县志》："蟠龙山，县南八十里，起伏蜿蜒，

势如龙蟠，岭上松柏苍翠，亦多虬龙形。俗传潘美陵在此。"清道光《安定县志》"疑冢"："潘林，在县南蟠龙山上，相传有潘太师墓，或曰宋潘美。"此地清属安定县，今归宝塔区。

②诗末作者自注："小儿险故云。"

张廷玉 字汝光，号石初，肤施（今宝塔区）人。万历三十八年（1610）庚戌科进士，官山西副使。

嘉岭山
张廷玉

嵬峉千峰秀出群，青葱卉木散朝氛。
虚空下瞰人游岛，星斗高排鸟去云。
二水连城三圣砦，军中老子一希文。
欲将图示王维手，旦暮阴晴像几分。

赵 章（1563—1640） 字俊宇，肤施（今宝塔区）人。监生，官光禄署丞。

登清凉山
赵 章

古刹残碑谁记年，肤施遗迹至今传。
层层塔近青霄外，冽冽寒生玉井边。
山色水光增胜概，危栏高阁倚云巅。
鹤飞夜月来松畔，听有山僧讲道玄。

白希绣　字梦山，肤施(今宝塔区)人。万历五年（1577）
丁丑科进士，官吏科给事中，山西巡抚。

清凉山
白希绣

厌俗寻佳景，登临喜胜游。
松风生左右，山色送清幽。
众妙元思豁，诸天胜界留。
独乘潇洒兴，更上最高头。

张行瑾　生平不详。

宿金明[①]闻钟独酌二绝（二首选一）
张行瑾

向晚钟声历历鸣，一帘疏雨湿山城。
最怜客里风烟静，枕簟凄凉梦不成。

【注释】

①金明：北魏置金明郡；隋设金明县，所辖地大致在今宝
塔、安塞一带，故后世亦称肤施为金明。

熊师旦 四川富顺人。万历四十四年（1616）丙辰科进士，官陕西按察司提学，浙江布政司右参议。

尸毗岩①

熊师旦

凸出天惊语，其空雾补之。
风云多所诡，神佛以为祠。
名刻经苔隐，老岩被魑持。
尸毗已耳矣，未问何王时。

【注释】

①尸毗岩：清康熙《延安府志》："尸毗岩：即在肤施境。后有石岩，传内藏佛骸。""肤施境在城之东山，世传尸毗佛修行之地。有鹰逐雀，尸毗割肤以饲之，后以此名邑。"

杨骥征 肤施（今宝塔区）人。官陵川知县。

延寿洞①

杨骥征

偶上招提境，白云锁洞深。
暂时消俗虑，坐久识禅心。
岩外峰森玉，阶前地布金。
留题犹在壁，倚醉续高吟。

【注释】

　　①延寿洞：清康熙《延安府志》："在仙石洞之南。石刊'洞天'二大字"。

　　杨如桂（1554—1639）　字德馨，肤施（今宝塔区）人。贡生，官华亭、凤翔、陵川知县。

清凉山
杨如桂

　　石雕一片玉，殿拱万尊金。
　　铁壁乾坤险，奔涛昼夜深。
　　空虚悬蜃阁，窈窕锁龙岑。
　　百雉萦双堞，天花落梵音。

神仙沟
杨如桂

　　西溪春色郁葱葱，坡有仙姬池有龙。
　　只恨采芝人不见，桃花泛水满川红。

杨廷翔　肤施（今宝塔区）人。杨如桂第三子。官兵部员外郎署丞。

宿归一寺①
杨廷翔

攲枕岩头石作床，白云片片锁僧房。
游人夜半敲门宿，不梦天王梦梵王。

【注释】

①归一寺：清康熙《延安府志》："在城北三里。杨太保兆建，后曰皈依寺。"

杨鼎瑞　安塞人。大顺永昌元年（1644）任李自成农民军耀州知州。清顺治年间任山东武德道佥事，浙江布政使司参议、督粮道。

嘉岭古塔
杨鼎瑞

巍巍一柱壮延川，天险由来藉宋贤。
夹岸长涛青草没，倚空孤剑白云连。
钟声夜度三山月，岚气朝收万井烟。
登眺年年人自乐，何须范老更忧先。

清

栾为栋　四川彭水（今属重庆）人。顺治二年（1645）任延安知府。

延水广济桥^① 成志喜
栾为栋

架木为桥翟水通，往来波上踏灵虹。
影摇急湍斜飞电，形动回流细卷风。
玉尺平铺利远近，金绳直锁界西东。
无边彼岸回头是，普度人离苦海中。

【注释】

①广济桥：清乾隆《延长县志》："在干谷驿当街中，暗水流空，时闻铿锵声。桥上四面建神祠。"

白乃贞（1618—1683）　字廉叔，号蕊渊，陕西清涧人。顺治九年（1652）壬辰科进士，官翰林院检讨，顺治大训纂修官。有《憨斋存稿》行世，参修《延安府志》。

登嘉岭山
白乃贞

览胜登嘉岭，长坡秋色分。
围园千树柏，锁塔一梯云。

寺记远公迹，碑留小范勋。

踟蹰多古意，杯酒对斜曛。

张三异　字鲁如，号禹木，湖广汉阳（今湖北武汉）人。顺治六年（1649）己丑科进士，官延长知县，绍兴知府。

延寿洞
张三异

数旬牛马走，一榻岭云深。

延寿佛生乐，回头孺子心。

红尘笼白雪，素志许黄金。

杜部遗篇在，湘波泼楚吟。

牛天宿　字觐薇，山东章丘人。顺治六年（1649）己丑科进士，顺治十七年（1660）任延安知府。

清凉石刻多以牛字押韵，若为余姓嘲也，戏笔和之，因以解嘲
牛天宿

崱屴千寻石径幽，登临不数古林丘。

云水深锁藏经殿，烟树轻笼爱月楼。

把酒峰头舒远啸，题诗天际运奇筹。

千年胜事今谁继，太守风流独让牛。

赵廷锡　肤施（今宝塔区）人。顺治十八年（1661）辛丑科进士，官内阁中书，户部湖广司主事。

过五龙山①怀古
赵廷锡

循蜚疏仡谁可考，古皇治世乘云早。
上巢下窟泽流深，西北地高多奇岛。
肤施上郡据上游，五龙分治辟洪灏。
五音五行配仙灵，治绩无名天地老。
史载汉宣立庙祠，松云牖栋应共保。
离黍沧桑世代迁，故物尘灰随腐草。
我来其土访遗踪，父老传闻皆莫讨。
有言东郊彼高冈，庙祠虽圮石作堡。
千古兴亡指顾间，杏水东流长浩浩。

【注释】

　　①五龙山：清康熙《延安府志》："在东关。下有黑龙泉。上古世纪为五龙治水之所，汉宣帝曾立庙以祀焉。"

白可久　肤施（今宝塔区）人。拔贡，顺治十三年（1656）任保昌知县。

归一寺

白可久

春游北郊外，绝顶寺门开。
云里一僧往，山中数客来。
落花平讲席，鸟迹印苍苔。
共坐闻清梵，焚香夜不回。

王廷弼 辽东人。贡生，康熙四年（1665）任延安知府，官陕西按察司副使。

登清凉山有感

王廷弼

设险山城汔小康，观风犹自念遐荒。
岩疆耕凿劳生计，土谷穷愁累户粮。
霜白秋原禾黍薄，月明夜永雁鸿翔。
清凉安解斯民热，燧火从来困此方。

三秦形胜古延州，地拔轮舆据上游。
千里提封烟社冷，半隅阛阓土城秋。
筹时不具胸中甲，专郡徒殷境内谋。
记载诗湾与往事，只今延水尚东流。

两界河山域井文，势逾翟道迥然分。
城侵六月胭脂雪，驿下三川袯襫云。
遗子边垠空杼柚，不毛贡壤少耕耘。
几回凭吊西陲迹，撼望龙沙靖朔氛。

采风坠什过城隈，断石荒甃几劫灰。
一壑分天开郡邑，四峰环堵约池台。
星缠河朔图书异，秋立金明草木摧。
郊垒虽平终土满，绥柔不信范韩才。

王　令　肤施（今宝塔区）人。拔贡，康熙十三年（1674）任广东提刑按察使。

睡佛洞
王　令

谁凿空山石，幽溪贮大乘。
松梢闻洞水，花里见枯藤。
断岸冥樵叟，深龛憩老僧。
悬知清净理，风雨一残灯。

清凉山
王　令

一片清凉地，登临欲问天。
晴峦原自静，飞阁几为悬。

避石窥樵路，循崖听汲泉。
桃花吹古洞，柏子落樽前。
佛面经谁辟，仙踪为若传。
碣残风雨蚀，壁立鬼神全。
说法闻前圣，论文愧昔贤。
同怜应切肤，无憾忆安禅。
僧向云中老，花从岭外鲜。
曲流怀远嶂，叠槛砌危巅。
城郭延青案，人烟接碧莲。
幽含千壑尽，洁敛一峰偏。
珠滴岩光动，楼巉鸟影迁。
摊风栖野树，驱月入深澶。
梵语空林里，钟声古木边。
今知尘世外，别自有机缘。

谢鸿儒　平凉泾源人。康熙十三年（1674）任延绥镇中营游击，十五年（1676）任延安营参将。

登清凉山有感

谢鸿儒

清凉仙界碧森森，石径纡回古洞深。
万佛庄严传色相，一帘香霭悟禅心。
横空鹤影蹁跹下，隔岸樵歌续断吟。
欲访烂柯人在否，桃花岩畔漫招寻。

王宣懿　辽东人。康熙十五年（1676）任宜君营参将。

登清凉山有感
王宣懿

丰林佳处此山巅，殿阁藏幽胜辋川。

古寺参差门不对，危岩层折径如悬。

身经百战榆关后，节近重阳鹫岭前。

幸遇沙场烽火息，登临不用更筹边。

黎时雍　宁夏人。举人，康熙十六年（1677）任延安府学教授。

游清凉山
黎时雍

宝刹仙源路不穷，登临夕日正秋风。

诸天殿阁排云外，万象形容落画中。

阅世几人离浩劫，观心何日见圆通。

清凉叠坐归来晚，到处钟声唤我蒙。

蝌蚪形分傍石隈，断桥曲径暂徘徊。

烂柯不见王樵迹，惊句犹传谢朓才。

古洞源深清磬远，僧房地僻晚花开。

相将击钵消尘积，目送孤云自去来。

胡承铨　山东济宁人。康熙十六年（1677）任肤施知县。

登清凉山
胡承铨

凌虚叠嶂绕云烟，老树森森石径偏。
殿古犹传飞锡客，洞深欲访烂柯仙。
仰观峭壁疑天路，俯视悬崖别有天。
欲向诗湾①留姓字，恐教野鹤笑尘缘。

【注释】

①诗湾：清康熙《延安府志》："清凉山寺之阿，峰回路转处。名人题咏石刊甚多，卧者、立者参差，而偃仰者巨细磊落，里人呼为'诗湾'。知县翟善以名可传，即勒石名之。"

游太和山① 远眺
胡承铨

回还登绝壁，缓步到奇峰。
云暗龙归洞，露寒鹤仁松。
青霄日月近，绿野桑麻封。
已觉尘寰隔，微风远度钟。

【注释】

①太和山：清康熙《延安府志》："又名莲花峰，在清凉山之巅。"

倪继徐 吴江（今江苏苏州市吴江区）人。康熙十七年（1678）任延安府照磨。

蓬莱岛①
倪继徐

为爱山头一段云，桃花洞②口坐南薰。
当轩怪石窥仙路，入耳惊涛荡俗纷。
珠树琪花香作雨，绛坛紫府气成雯。
烂柯那处寻真迹，风到长松沥沥闻。

【注释】

①蓬莱岛：清康熙《延安府志》："在清凉山阿。诸峰参差，下临延水，名人题诗石上。"

②桃花洞：清康熙《延安府志》："在仙石洞内。有石孔如隙，洞门刊仙人半身并棋局，历久不坏，传大雪时则桃花飞片。"

陈天植 浙江永嘉人。康熙十六年（1677）任延安知府。

登延州城
陈天植

孤城晚眺四茫茫，白骨青燐旧战场。
西去高山灵武近，北来绝塞夏州长。
烽烟几处余遗址，生聚何年辟大荒。
怀古遥遥追范老，甲兵曾以奠岩疆。

延安即事

陈天植

凤翼联城势，乌延古郡名。
画疆而御侮，设险以防兵。
苍鹘望陴却，白猿临堑惊。
弹丸蜀剑阁，蕞尔楚方城。
叠翠环山秀，层波傍水清。
南连三辅重，北系一边宁。
十九星罗邑，百千棋布营。
车辚原有赋，驷骥讵无行。
桓桓麟阁帅，翼翼凤池卿。
介石男儿节，凌霜女子贞。
残毁虽堪叹，士民尚可旌。
但求春雨足，兼愿岁徭轻。
天下干戈息，眼前教养成。
儿童骑竹马，父老厌梁羹。
击碎康衢壤，书余大有铭。
年年分社肉，处处缮歌楹。
何必桃源里，寂寥绝世情。

韩范祠

陈天植

嘉岭峰前韩范祠，当年经略在于兹。
胸中兵甲无偏夏，乱后山川有断碑。
论世百年身是幻，筹边几夜鬓应丝。
景行仰止心频切，瞻拜高贤不胜思。

游清凉山寺遇雨诗湾步前人韵

陈天植

清凉隐隐岫云飞，复道逶迟去路微。
雨过山巅宜骋目，风来水面任吹衣。
空中画阁随人赏，石上诗豪伴落晖。
僧舍禅心常自在，几回谈笑却忘机。

学海清流浅共深，层层叠叠岸边岑。
诗题蝌蚪新还旧，禅制毒龙起复沉。
赏玩宜存靡盬志，登临莫忘用休心。
自公退食委蛇处，韩范芳踪着意寻。

王象斗 陕西富平人。贡生，康熙十七年（1678）任肤施教谕。

琵琶桥①
王象斗

断桥遗响博天工，投足殷殷万窾通。
雅调不须来指上，清商应自落云中。
江州别泪闻司马，沙漠归魂怨画工。
漫向昆仑思往事，提壶高唱大江东。

【注释】

①琵琶桥：清康熙《延安府志》："在梵王宫右。石桥悬洞，人蹑其上，以足击之，则筝筝有声，如琵琶节奏，传仙人遗迹。"

赋得延州早雁
王象斗

轻寒密雨到延州，白雁分飞塞上秋。
嘉岭山空霜叶落，翟河风急马嘶稠。
云程计日临湘岸，夜月销魂过镜楼。
南望故园音信杳，乡思频自起夷犹。

赵廷飏　肤施（今宝塔区）人。康熙年间拔贡，官国子监候补学正。

云梯山①
赵廷飏

丹梯曲折绕云岑，石磴参差玉露淋。
万叠峰回连斗宿，千层路转接蝉林。
幽崖倒影霞光落，老树凝寒秋气侵。
自是天然真胜概，青霄直上豁尘襟。

【注释】
①云梯山：一名云梦山，在延安城北。

蓬莱岛
赵廷飏

海外三奇景，谁来移此间。
荒藤笼刹影，深雾锁苔斑。
子晋笙声杳，陶潜菊径闲。
遥承仙掌露，静听水潺潺。

鹫峰岩①
赵廷飏

悬岩插碧汉，峭壁更嶙峋。
日月开西夏，云烟绕北辰。

阴晴千里渺，寒暑四时春。

攀磴浑无翼，凌虚似鸟身。

【注释】

①鹫峰岩：清康熙《延安府志》："清凉山高耸处，如飞来峰，名鹫岭。"

定痂泉①

赵廷飏

欲其传定痂，故以此名泉。

一派清波绿，尸毘不计年。

【注释】

①定痂泉：清康熙《延安府志》："东关城下，尸毘割肤疗之，故名。"清嘉庆《延安府志》："在万佛寺北山半崖，其泉温洁，流入延水。"

笔架山①

赵廷飏

笔观凌空峙，延州第一峰。

蓬巢集塞雁，涛浪隐祥龙。

作赋心能爽，登高客与共。

徘徊无限意，城郭翠烟重。

【注释】

①笔架山：清康熙《延安府志》："在府学之东。"

赵廷嘉　肤施（今宝塔区）人。拔贡，康熙年间官知县。廷飏弟。

太和山

赵廷嘉

登临莫倦屐，石磴与云穿。
地僻松犹老，风寒草不鲜。
身傍时锁雾，头上仅容天。
极目浑无际，烟岚指顾前。

杨友竹　肤施（今宝塔区）人。康熙年间贡生。

仙石洞谈元

杨友竹

白云深处访南华，芒履珊珊印碧沙。
一径青苔留月夜，半帘红雨落天花。
茶烹烟避林间鹤，饭熟香焚树顶鸦。
石上清箫追子晋，声声吹入万人家。

徐印祖　奉天人。康熙十五年（1676）任延川知县。

清凉山

徐印祖

凌空楼阁笼烟中，峭壁峥嵘古洞雄。
万佛庄严传色相，几层台榭逸尘红。
风云隐约随时变，钟磬频敲唤我蒙。
曲径林幽僧舍冷，流泉秋夜漾寒枫。

蔡升元（1652—1722）　字方麓，浙江德清人。康熙二十一年（1682）壬戌科状元，官内阁学士、会试副主考官，吏部尚书，礼部尚书。著《使秦草》。

清凉山

蔡升元

渡水穿云直上攀，金明城郭翠微间。
清凉大地三千界，尘土劳人半日闲。
绝蹬振衣朝佛洞，深崖洗眼看诗湾。
来僧遥指溪南塔，范相曾题嘉岭山。

张　伟　江南武进（今江苏常州市武进区）人。武举，康熙二十五年（1686）任延安知府。

署中漫兴二首

张　伟

身居轩冕志烟霞，退食公余逸兴赊。
卷石盆花寻韵事，炉香碗茗作生涯。
嘉山树色盈庭拱，凤岭岚光半壁遮。
堪寄道心成吏隐，边城即是列仙家。

岩疆曾说古延州，典守雄藩愧老谋。
五载未成三异绩，一心常切万民忧。
嘉山静镇同宁澹，翟水澄清寄咏游。
率属宜人良不易，焚香冰署思悠悠。

署斋独坐二首

张　伟

庭花烂漫映疏帘，人拥图书静似仙。
坐久不知身在宦，秋思一片五湖烟。

疏雨潇潇入夜寒，阶前花叶响琅玕。
静中声色俱成妙，拈得禅机自在观。

登清凉山

张 伟

秦关险胜古延州，韩范当年展壮猷。
故垒凌云嘉岭上，石城高枕大河流。
仙岩花片烟霞扃，佛洞肤施幻迹留。
静坐清凉空色相，雄图梵界两悠悠。

题清凉山诗湾

张 伟

层峦高阁倚星辰，诗壁留题时代新。
长羡范韩名不休，风流继起更何人？

延州城北灵岩洞二首

张 伟

老衲相邀到梵天，层台洞屋俯云烟。
红花绿树幽深院，一局横枰自在禅。

山腰崖畔结茅亭，案列峰峦不记层。
茗碗诗瓢相聚久，公余清暇似闲僧。

夏日偕刘参戎暨诸牧令游眺清凉山

张　伟

雨余生爽气，公暇宴清凉。
人倚空中阁，筵开天际舫。
烟霞城阙丽，峰岭塞垣长。
翟水流何极，恩波愧未将。

吴存礼　字谦之，号立庵，奉天锦州（今辽宁锦州）人。康熙三十八年（1699）任延安知府，官江苏巡抚。

柳　湖

吴存礼

种柳穿湖忆昔年，荒郊从此景增妍。
千行树色青归叶，几曲溪流绿绕田。
到处丰碑传政绩，尚余逸兴寄林泉。
知公事事救民莫，后乐先忧岂漫然。

雪中望嘉岭山

吴存礼

霏微片片射窗纱，冷艳寒威逼晚衙。
几处哀猿啼玉垒，数行孤雁落银沙。

已占夜静添三尺，更爱朝曦照万家。
不用书空能自遣，瓦铛活火漫煎茶。

清凉山寺
吴存礼

奇峰飞驻郡城东，峭壁层崖攀不穷。
山岂祇园归梵宇，石为仙掌捧华宫。
凭栏天落清流底，拂蹬人游碧汉中。
才是上方钟磬寂，云间铁凤复玲珑。

孙　川　汉军正红旗人。康熙四十三年（1704）任延安
知府。

九日登清凉山远眺
孙　川

鹿鹿尘襟久未开，秋风缓步踏苍苔。
浮名有负青山约，好句常逢黄菊裁。
客倦凭栏闻磬醒，僧闲扶杖看云回。
清凉石上频登眺，不见家山北雁来。

早春重过大通寺①

孙　川

看山聊得远尘情，再访幽踪到化城。
门绕清溪双树冷，楼悬白日一灯明。
吟诗常耻无僧字，结社犹嫌有吏名。
趺坐浑忘天欲暮，顿令春梦悟浮生。

【注释】

①大通寺：清康熙《延安府志》："在府城南。三台山下。"

暮春金明衙斋杂咏八首

孙　川

独坐虚亭里，公余梦亦清。
门无俗客到，树有野禽鸣。
忽尔生吟兴，悠然忘世情。
农时山雨足，处处好春耕。

凭栏舒眺处，嘉岭翠微中。
柳舞参差绿，桃开远近红。
由来仙境好，不与市廛同。
时有疏钟落，幽怀寄晓空。

官衙别业好，潇洒似山家。
曲径游驯鹿，高槐集乳鸦。
遣愁频泼墨，耽静自烹茶。
笑看儿童戏，避人摘杏花。

谁识闲中乐，曲肱据短床。
漫怜春欲老，且喜日初长。
林际莺啼滑，檐前燕舞忙。
近来因病懒，检药自徜徉。

但可容吾膝，何妨屋一间。
风来花簌簌，雨霁鸟关关。
抚事怀空壮，谋生鬓欲斑。
向平心未了，那得拟归山。

闻说房园好，桃林系我思。
晴烟浮远塔，积水泛清池。
喜觉沉疴减，愁看淑景移。
明朝载酒去，花下听黄鹂。

时与同人约，春深景正妍。
游观来郭外，笑咏坐溪边。
嗜蟹违吾性，焚香愿吏贤。
此方民力苦，大半是山田。

退食客疏放，斋居清且幽。
检书课子读，制曲唤童讴。
讼减庭罗雀，时平剑化牛。
无才怀往事，敢与古人俦。

游北洞登揽翠亭

孙 川

不为探幽迹，何由入洞天。
鸟鸣绿树里，僧卧白云边。
香水滋初地，飞花落讲筵。
登临多翠色，半在草亭前。

季夏雨后观稼

孙 川

好雨消炎暑，边城气早凉。
残云犹漠漠，野水自汤汤。
绕岸行人渡，荷锄田父忙。
今朝乘政暇，郭外看农桑。

立 秋

孙 川

大火西流暑渐残，惊心谁识宦游难。
云迷雁影燕关杳，露滴蛩声秦塞寒。

作赋不堪怀宋玉，浮名真觉愧张翰。

遥占稼穑秋风里，未遂民生敢自安？

觉罗逢泰　满洲正黄旗人。康熙三十九年（1700）庚辰科进士，官提督陕西学院，通政使司通政使。

雨后望清凉山
觉罗逢泰

放衙新雨后，矫[①]首望山巅。
楼阁重重润，藤萝处处鲜。
鹫峰全拨雾，嘉岭半沉烟。
隔树鸠呼缓，巡檐燕舞偏。
虹垂残照外，霞绚湿云边。
对此清凉境，真成潇洒天。
陂田多漠漠，溪水尽潺潺。
顿觉尘嚣涤，能令逸兴遄。
秋光澄绛帐，霁色丽花笺。
械朴承膏泽，长吟大雅篇。

【注释】

①矫：当为翘，矫从蹻字而误。本诗录自清嘉庆《延安府志》。

登清凉山四首

觉罗逢泰

戊戌夏，余巡历延安，栖身琐院。铅椠之暇，每翔步庭除，延首东望，则见巍然高峙、空翠欲滴者，有清凉山在焉。虽相去匪遥，宛在几席间，而王事靡宁，未由登陟，亦足以见簪组之累人。而山水因缘，不得不让之骚人逸士也。爰成四咏，情见乎词。

敢惮炎氛选胜游，暂从山下渡溪流。
卧看飞蹬凌霄曲，坐想悬崖滴翠幽。
昼拥冰壶尘不染，夜分藜火校如仇。
几回挥汗临多士，帐外风摇洞壑秋。

半载踰高与涉深，岂当名胜怯登临。
诗成谢朓空留兴，学到横渠自得心。
水底楼台波荡漾，岭头松柏树阴森。
公余坐爱清凉晚，咫尺山湾伴我吟。

万壑溁泗一水斜，望中咫尺又还赊。
冈峦叠叠曾无路，楼阁重重别有家。
不得鹫峰轻著屐，惟担龙耳细烹茶。
愿将洞口桃花树，移向宫墙满放花。

山顶分明号太和，星轺来往几经过。
空闻梵宇传钟磬，遥想层岩挂薜萝。
韩范风高祠尚在，雀鹨事渺迹偏多。
笑予拄颊闲看外，乘兴偏违蹑屐何。

韩范二公祠

觉罗逢泰

功烈昭千古，馨香荐二公。
泽随延水远，祀并鹫峰崇。
嘉岭书犹在，漪亭事未空。
经纶归掌上，兵甲蕴胸中。
敌胆寒无异，民心感自同。
巡行古上郡，扬扢续秦风。

王德修　江南人。康熙年间任米脂知县。

游胜因庵[①]

王德修

碧瓦云笼岫，龛灯古洞中。
石床茶灶冷，山径药栏红。
游迹追灵运，秋思写惠公。
佛门垂象教，色相本来空。

【注释】

①胜因庵：清康熙《延长县志》："胜因庵，干谷驿东门外。"清代属延长县，今归宝塔区。

吴　瑞　江南南陵（今安徽南陵）人。雍正三年（1725）任延安知府，雍正七年（1729）补礼部仪制司员外。

偕于明府① 游南寺②

吴　瑞

黄鸟声声引路迂，共携高友破藜芜。
窗间山色堆蓝出，柳外湖光匹练铺。
经阁晚闲明月冷，禅关晨放白云孤。
壁间读罢惊人句，省识丰林仙令于。

【注释】

①于明府：于永禧，汉军厢红旗人，康熙五十七年（1718）任肤施知县。
②南寺：疑即大通寺。

柳湖有感

吴　瑞

延利河前柳万株，郡人相尚说南湖。
银光风过生波浪，金线烟笼启画图。
年久只余芳径草，岸攲无复水边凫。
翠漪亭杳空寻觅，伫听清阴鸟乱呼。

谒韩范祠

吴 瑞

日久倾圮，余捐俸重新之

庙貌重新瞻拜诚，登堂敬睹并簪缨。
嘉山自是旗常绩，翟水还同钟鼎铭。
可武可文青史著，一韩一范敌人惊。
仪型私淑高贤事，也欲功勋足此生。

重九偕友登凤凰山①

吴 瑞

巉嵃峰头依素秋，延州形胜望中收。
地连绝塞千山出，路接长安一水流。
入座寒风砧杵急，满城落日雁鸿浮。
为耽佳节邀知己，忍得无诗向此留。

【注释】

①凤凰山：清康熙《延安府志》："城西山。凌汉插霄，雉堞巍然，为郡山首。上有镇西楼，范文正建，残碑犹有，今重修。"

春日偕肤施令吴君^①晚枫游空中楼阁^②

吴 瑞

登眺城东第一峰，层楼杰阁耸晴空。
诗题白雪云霄里，人坐春风图画中。
抱郭河流奔逸骎，极天山势起长虹。
政行简静浑无事，吏隐何妨古今同。

【注释】

①吴君：吴煜吉，字晚枫，江都人，清雍正五年（1727）任肤施知县。

②空中楼阁：清康熙《延安府志》："飞檐危栏，层次玲珑，故榜其阁上。"

空中楼阁

吴 瑞

登临减骑一身轻，楼阁何年此地成。
远堞晴开烟雾色，近林风作雨雷声。
凭高宛若云闲出，跻胜疑从天上行。
是日耽幽无限意，忽闻钟磬薄浮名。

琵琶桥

吴 瑞

谁把云和抛石桥，尚留遗迹枕山腰。

铿锵却喜新双耳，节奏何须彻九霄。

客屐轻投成逸响，禅钟远应永清宵。

未能弹出明妃怨，已觉闲愁万斛消。

一步崖①

吴 瑞

丹崖高不极，一线路微通。

曲折羊肠似，蹊岖鸟道同。

幽岩藏宿雾，绝壑吼阴风。

山下重回首，遥天隐蟏蛛。

【注释】

①一步崖：在清凉山。

丁未①孟夏，偕原任肤施令于君西园、原任洛川令刘君东堂游杜甫川②牡丹山

吴　瑞

四月名花似锦缇，长林丰草望中迷。
天香国色藏山径，胜会佳时信马蹄。
石刻高标环绿水，③草堂埋没叫黄鹂。
滁州太守夸游赏，此日金明二客携。

【注释】

①丁未：清雍正五年，公元 1727 年。

②杜甫川：清康熙《延安府志》："城西南。子美居此，故名。"

③作者自注："'杜甫川'三字为范文正公题。"

戊申①花朝同钱笠庵司马登嘉岭山

吴　瑞

良辰好友更投机，得共游缰上翠微。
一径逶迤缘石磴，万峰环拱接晴晖。
地当白翟饶名胜，人喜彭城著锦绯。
漫道山隈花未见，长安春色已芳菲。

【注释】

①戊申：清雍正六年，公元 1728 年。

钱汝驼　江南太仓（今江苏太仓）人。康熙四十九年（1710）任河南新安知县，官长沙知府。

辛丑①立春后十日抵延安谒韩范祠，知祠为署守杨西岩新葺，兼有题咏，故援笔和之

钱汝驼

巧宦图名千载垂，为官到处立生祠。
那如宋代范韩守，赢得延民今古思。
殁后孤城存俎豆，生前绝塞净狐俚。
二公昔日筹边策，经略堪为万世资。

名神即是宋名臣，保障金汤百二秦。
庙貌已非昔日旧，蒸尝谁使一时新。
传闻余抚开金碧，又见杨公继祀裡。
使客停车祠下拜，朗吟白雪正花辰。

【注释】
①辛丑：清康熙六十年，公元 1721 年。

吴联奎　生平不详。

壬戌①暮春客上郡衙斋，杂咏用三韩
孙太守川范圃壁间韵(八首选五)

吴联奎②

别院多幽况，轩开百虑清。
看山连眼阔，听鸟隔花鸣。
不尽怀人意，常关游子情。
何时得膏雨，布谷已催耕。

山田若远近，极目野林中。
柳色溅新绿，花阴飞落红。
疏狂随处合，清兴几人同。
伴我窗前月，流光涵碧空。

半载离乡国，羁人客当家，
风帘频入燕，春树好栖鸦。
采药浸佳酿，汲泉烹野茶。
曲栏刚日暖，香绽鼠姑花。

即此翠微里，何妨屋半间。
地偏人语寂，心定鸟声关。③
好古一生拙，无才两鬓斑。
边城容小住，日夕对溪山。

一夜檐前雨，衙斋景倍妍。
溪云流树杪，山日挂城边。
事简公庭僻，民安太守贤。
闲看开隙地，多种菊花田。

【注释】

①壬戌：清乾隆七年，公元 1742 年。

②吴联奎：此据清嘉庆《延安府志》所载。疑为许联奎，安徽歙县人，乾隆九年（1744）任安边同知，乾隆二十五年（1760）任葭州（今佳县）知州。

③关：清嘉庆《延安府志》作"闲"。

汪永聪　江南休宁人。清乾隆二十五年（1760）任甘泉知县，乾隆三十年（1765）任知州。主修《甘泉县志》。

麻川映月①

汪永聪

霄端云卷照晴川，洞口波摇接远天。
浩浪光浮千顷碧，澄辉影漾一轮圆。
忽疑璇室江中出，横亘银河象外悬。
兰桨若因乘兴发，举杯邀月赋新篇。

【注释】

①麻川映月：清乾隆《甘泉县志》："县东之麻洞川，平川旷野，波流潆洄，月色照临，则水天一色。"该诗原为《甘泉八景诗》之一。麻川，即麻洞川，清代属甘泉县，今归宝塔区。

周　郁　江苏宜兴人。举人，乾隆五十四年（1789）署任
陕西定边知县，乾隆五十八年（1793）任横山知县。

琵琶桥
周　郁

霜后坡陀草尚青，偶闲童冠访山扃。
琵琶桥上徘徊久，赢得人人拍手听。

王廷桂　直隶人。副榜贡生，乾隆五十二年（1787）任安
定知县。

杜甫川
王廷桂

二翟三秦瞥眼非，汉唐遗事见来稀。
如何万古三川水，却记诗人穷蹙归。

余文谟　四川荣昌（今重庆荣昌）人。乾隆年间（1736—
1795）任韩城知县。

延州闻雁
余文谟

触目不堪南去雁，林钟犹自度斜阳。
声声催老天涯客，边塞秋风尚异乡。

宋　荣　贵州人。举人，乾隆年间（1736—1795）任延长知县。

延　州
宋　荣

偶溯洪河到上游，东风吹我卧延州。
连云雉堞通榆塞，多少思乡人倚楼。

良　禧　字度莽，满族旗人。乾隆六十年（1795）任安边堡理事捕盗同知。

范圃秋思
良　禧

病久欲归归未得，又来小驻古延州。
四围山色杯中合，一道溪声槛外流。
雨过苍苔花艳艳，云收青嶂鹿鹿鹿。
乡心那更逢秋切，一曲衡阳范圃楼。

答友人以范尧夫赠游师雄琴寄归延州
良　禧

薄宦延州笑挫针，开缄喜见师雄琴。
雪消晴日边城暖，韵入寒松使院深。

喷饭何妨馋适志，执鞭毕竟富违心。

范游一去空千载，睡寂群山复好音。

周元浚　江苏武进（今江苏常州市武进区）人。举人，乾隆五十五年（1790）任延川知县。

延州喜雨

周元浚

涧窄山湾稀水田，旱粮直种到山巅。

一番时雨土膏润，豆麦青青碧树前。

康纶钧　字凤书，山西兴县人。乾隆五十二年（1787）丁未科进士，官陕甘学政。

中秋前一日重游清凉山

康纶钧

胜地来寻不厌频，星轺再驻拂征尘。

能消白日惟良友，自有青山作主人。

扫径寺僧还识客，依檐秋燕若为邻。

浮云散去寥空净，明月招邀共酒巡。

王文奎　江苏常熟人。举人，乾隆四十八年（1783）署中部（今黄陵）知县，四十九年（1784）任神木知县。

丁巳①夏日游延安清凉山呈洪墅洲郡伯

王文奎

软红飞不到，履屐得清凉。

山骨开初地，波心印上方。

八门通奥窍，万佛阅沧桑。

路断飞桥接，楼虚汲绠长。

化城留胜景，故宋属岩疆。

贝叶翻经典，天花散道场。

总资韩范策，障此水云乡。

五马游缰驻，双凫奋翼翔。

疏林烟外磬，宝塔雨中香。

跋涉千层级，皈依数仞墙。

悟从无际入，劫贵未然防。

莫拟寻幽好，新篇苦学常。

【注释】

①丁巳：清嘉庆二年，公元1797年。

洪　蕙　字墅洲，江苏江都人。乾隆五十三年（1788）任延安知府。重修《延安府志》。

登清凉山

洪　蕙

际晓出东郭，遥睇清凉山。

烟霭积翠微，秀色横空盘。

孤怀游缅邈，逸兴穷跻攀。

长松夹磴道，翠竹临溪湾。

清风动衣襟，好鸟时绵蛮。

穿云出林杪，绝顶通天关。

万象罗心胸，百里现毫端。

城形拱巇嵲，水势纡回环。

既擅林壑幽，而无豺虎患。

眷言韩忠武，[①]百战丁时艰。

子温亦畸人，清节足订顽。

遗居已桑海，伟迹留尘寰。

感兹代谢理，怀古殊郁殷。

何当构轩楹，对此青螺鬟。

官斋有余闲，佳哉时往还。

【注释】

①作者自注："《宋史·韩世忠传》：晚号清凉居士，即此山。"

洪　勋　生平不详。

丁巳九日登延州清凉山

洪　勋

九日登临合赋诗，延州风景尽堪追。
大观将相千年迹，俯视人家万井炊。
绝顶只留天在上，名山休笑我来迟。
临风无限低徊意，忧乐惟教范老知。

峭壁悬崖黛色凝，莲峰还在最高层。
山当缺处云为补，风到凉时气尚蒸。
流水声中心共远，桃花洞口月初升。
回看树杪仙桥耸，多少楼台画未能。

施浥培　云南人。举人，乾隆五十九年（1794）任甘泉
知县。

兴安差次，遥和洪江门勋
九日登清凉山原韵（二首选一）

施浥培

长天秋水澹相凝，人在清凉第几层？
全郡风光看了了，两城民气乐蒸蒸。
空中楼阁参差列，画里宾朋次第升。
愧我亦曾凌绝顶，欲吟佳胜竟无能。

金丽青　生平不详。

秋日清凉山寺晚眺
金丽青

危楼飞阁枕溪流，古洞巉岩到处幽。
僧背白云归野渡，鸟穿红树下平畴。
霜欺篱畔黄花瘦，苔绣碑纹绿字留。
极目苍苍对残暮，万山落日一天秋。

苏甲荣　广东东莞人。举人，嘉庆五年（1800）署任定边
知县。

嘉岭山题壁
苏甲荣

山堂惊见牡丹开，不负登临拾级来。
听说河源犹在上，枯槎谁泛斗升回。

包　堂　生平不详。

登清凉山
包　堂

清凉名胜地，登眺晚秋时。
洞辟诸天佛，崖征迁客诗。

长空消暧矲，盘折历嵚巇。
遥指云深处，穷探别有奇。

欲极寻幽兴，扳跻最上层。
千山云外列，二水望中澄。
举手扪星斗，飞觞属友朋。
啸歌情不尽，寒月已东升。

龚元超 　生平不详。

延州诗
龚元超

山抱延城城倚山，城边延水逐山湾。
琳宫梵宇烟云上，厮服裘衣巷陌间。
征雁南来趋翟道，鸣驼北去度芦关。
浪游野客无穷思，发白星星未欲还。

最好清秋雨后凉，碧天如洗正斜阳。
四山湿翠宜高扆，一径寒花绕曲房。
老至更蠲尘念惯，闲来真信客居强。
熏炉砚匣摩挲久，自笑仍耽翰墨香。

　　永　佑　汉军正蓝旗人。举人，任定边军职，嘉庆七年
（1802）任澄城知县。

新秋漫兴
永　佑

初秋风雨暗城闉，塞上秋光莫比伦。
树树烟笼茅屋小，山山云覆乱峰匀。
到来真不随时热，老去何妨为仕贫。
性澹哪知秋意冷，无边清兴喜方新。

　　沈　琮　江苏江宁（今属江苏南京）人。嘉庆二十四年
（1819）任咸宁（今西安市长安区）知县。

诗　湾
沈　琮

洪流漱石石岩虚，安稳人天守石庐。
为向雪鸿怜爪迹，题名留试擘窠书。

邓廷桢 (1776—1846) 字维周，江苏江宁（今属江苏南京）人。嘉庆六年（1801）辛酉恩科进士。官延安知府，两广总督，陕西巡抚。有《双砚斋诗钞》传世。

嘉岭山寻范文正公读书处

邓廷桢

乙亥①二月月几望，捧檄延州度千嶂。
马头忽现嘉岭山，大字摹崖屹相向。
怪螭蟠屈瘦蛟舞，乃是龙图老子之笔仗。
闻道当年帅此邦，屡蹑巉岩寄幽旷。
手持蠹简揖山灵，一种清虚恍来贶。
我览公书心已钦，我思公迹神逾王。
初为运转副夏竦，继以曹郎扼边障。
罢榷招流亡，营田省输饷。
坚壁老敌师，焚书斥贼妄。
一十二砦唇齿联，万八千军虎貔壮。
威名不屑淮阴韩，盛德应同丞相亮。
坐使西人破胆惊，却马回戈不敢抗。
岂知公余示整暇，啸歌更踞兹山上。
方悟胸中数万兵，都由五千挂腹撑肠相酝酿。
我来登山寻旧迹，岂有遗民足咨访。
山前闻清钟，山后发樵唱。
摘星无复矗危楼，古井空余白云漾。
嗟哉九京安可作，仰止高山意悄怅。

他年青鞋布袜游圭峰,②定从雾阁云窗觑真相。

【注释】

①乙亥：清嘉庆十九年，公元 1814 年。

②作者自注："圭峰，公少年读书处也。"

樊增祥（1846—1931）　字嘉父，号云门，一号樊山，湖北恩施人。光绪三年（1877）丁丑科进士，官宜川知县，陕西布政使。著有《樊山集》。

菩萨蛮·正月六日至延安作
樊增祥

平林雪霁烟光湿，夕阳浮动金明驿。西望是榆关，马头无限山。

沙中春雁语，似说经湘楚。南望楚江头，教侬特地愁。

正月初八日雪中同张大令游清凉山寺
樊增祥

山在延安府东门外

雪中万户寂，烟火昼萧森。
徒步过我友，官壶相酌斟。

坐见东南山，一一皆瑶岑。
香台冠玉岫，宝树接琼林。
寻幽出东郭，结驷骤骎骎。
过壕涉冰上，玉薄不可任。
斜阳忽西来，照灼如流金。
渐入云雾窟，微闻钟磬音。
驻策及山半，侧帽聊一吟。

石磴不容骖，青鞋践寒絮。
生本山中人，颇娴岩际路。
仰攀势逾矫，俯窥心始怖。
猛进得初桄，天神俨銮塑。
遂跻万佛岩，载瞻列仙署。
化身千百亿，四壁尽刻露。
振衣陟层椒，玉殿朱双户。
下视郊廛间，霏霏散烟雾。
抗歌出金石，高云为我驻。
誓从松子游，缨冕复何慕。

月印泉①

樊增祥

悬岩架飞阁，下瞰百丈井。
穴板肖月圆，两规互相映。
俯窥竟何极，坐觉毛肤冷。

阁虚可以琴，泉甘可以茗。
终然临深义，潜被松风警。
却下朓银床，翩然见吾影。
欲自取深清，奈何乏修绠。

【注释】

　　①月印泉：清凉山鹫峰岩下，也叫"月儿井"。泉旁有清代知府吴瑞所题"涌月"石刻。

　　李嘉绩（1844—1908）　字云生，号潞河渔者，原籍直隶通州，成都人。监生，光绪十六年（1890）二月到光绪十七年（1891）八月署保安知县。著有《榆塞纪行录》《代耕堂杂著》《代耕堂诗稿》等。

延　安
李嘉绩

山中城郭古延州，形势千盘控上游。
黑水西邻边塞迥，黄河东带混茫流。
三春雨雪人忧税，十载流亡客费愁。
谁话当年争战事，清凉亭下鸟钩辀。

游清凉山步范文正公韵
李嘉绩

匹马南还北，飞鸿西复东。
书生无限泪，塞上哭英雄。

石佛弢光明，山鬼露幽怪。
系马此凭栏，长剑倚天外。

白翟城边戍，青山楼上尊。
干戈何处问，只有一僧存。

赫连城郭高，种谔勋名在。
何如范希文，千秋诵遗爱。

干谷驿

李嘉绩

匹马宿荒驿，乱山寒夜增。
桃花千树雪，谷雨一溪冰。
野火悲芦管，稀星黯玉绳。
不堪望南纪，兵甲正凭陵。

重至干谷驿二首（选一）

李嘉绩

废城一角认依稀，塞草青青牧马肥。
正是春归好时节，榆钱柳絮逐人飞。

宫尔铎 字农山，安徽怀远人。官宜川知县，延安知府。

延州杂诗·其三
宫尔铎

杜甫川名古，尸毗象教尊。
割肤嗤佛法，避地吊诗人。
风俗多浇犷，闾阎苦瘠贫。
桑麻生聚处，何日辟荆榛。

醉题镇西楼壁
宫尔铎

振衣醉上镇西楼，万叠荒山斗大州。
关塞形余今古胜，范韩名并日星留。
天骄恃险然残烬，东海掀波舞怒虬。
宁夏津门断消息，浊醪难解万端忧。

临镇道中
宫尔铎

夹道枣花香，缘村蒿艾长。
断云衔废垒，流水咽残阳。
骨肉轻离聚，烽烟恨杳茫。
营巢双燕子，可解话沧桑。

现　代

马振波（1885—1965）　字佛桥，河南睢县（今属民权）人。民国四年（1915）任肤施县知事。著有《二知斋诗集》。

嘉岭山
马振波

山名嘉岭势崔嵬，百丈磨崖长碧苔。
当日声灵寒敌胆，只今笔画见神威。

清溪一曲抱城流，几处寒砧动碧秋。
羡煞长空云倒影，水天上下两悠悠。

樵路侵云细复斜，山阿深处有人家。
柴门静掩鸡啼树，伫看儿童捉草花。

绝顶登临览大千，群山万壑列阶前。
天意苍茫秋意肃，孤城斜上夕阳边。

峰巅古寺几经秋，片片白云足下浮。
碧玉阶前松子落，唯闻山鸟声啾啾。

指顾山河古战场，虫沙百万付洪羊。
至今绿野未全辟，忍见桑田又变沧。

王　平　约民国十七年（1928）任肤施县长。

宛然云霞①
王　平

谁把彩云此间抛，轻烟冉冉浮山腰。

仰观胜景世上奇，宛然云霞天下娇。

【注释】

①宛然云霞：清凉山南麓，石崖表面凹凸不平，状若烟云
飘动，故名。

郭超群　安塞人。清末拔贡，民国二年（1913）任安塞县
第一科科长。

少陵川① 怀古
郭超群

遥忆少陵川，形势接乌延。

盛唐杜工部，一代推大贤。

擅胜文坛将，诗超三百篇。

平番来北塞，得意快当年。

就武非弃文，奉诏做监军。

黾勉从王事，风流至今闻。

词林争优劣，如鹤立鸡群。

地在人何在？望古怀清芬。
恨未登龙门，悠思欲断魂。
但见白云隈，少陵字尚存。

【注释】

　①少陵川：即杜甫川。

　井岳秀（1880—1936）　陕西蒲城人。曾任陕北榆林镇守
使，国民革命军八十六师师长。

延安怀古

井岳秀

乌延一望客心惊，古垒荒丘宋将营。
嘉岭岧峣存古井，凤楼耸峙接边城。
征衣短短添秋色，战马萧萧嘶水声。
锁钥北门称重镇，而今只有范公名。

　孙蔚如（1894—1979）　陕西长安人。曾任杨虎城部旅长、
师长，陕西省副省长。

十载风尘苦

孙蔚如

十载风尘苦，逍遥此壮游。
白云弥远岫，绿草绕沙洲。

韩范雄风在，僧儒胜迹留。

悠悠东逝水，长与共千秋。

1924 年于延安

毛泽东（1893—1976）　湖南湘潭人。曾任中华苏维埃共和国中央执行委员会主席，中共中央政治局主席、中央书记处主席，中共中央委员会主席。出版有《毛泽东诗词选》。本书诗录自人民文学出版社 1986 年《毛泽东诗词选》。

沁园春·雪
毛泽东

北国风光，千里冰封，万里雪飘。望长城内外，惟余莽莽；大河上下，顿失滔滔。山舞银蛇，原驰蜡象，欲与天公试比高。须晴日，看红装素裹，分外妖娆。

江山如此多娇，引无数英雄竞折腰。惜秦皇汉武，略输文采；唐宗宋祖，稍逊风骚。一代天骄，成吉思汗，只识弯弓射大雕。俱往矣，数风流人物，还看今朝。

1936 年 2 月

董必武（1886—1975） 湖北黄安（今红安）人。曾任中共中央党校校长，中华人民共和国副主席、代主席。出版有《董必武诗选》等。本书诗录自人民文学出版社1977年《董必武诗选》。

三台即景
董必武

丁丑①一月初至延安，时值频年内战后，民物凋敝。七七抗日军兴，因公赴汉，人事羁绊，即未回延。庚辰②八月，再到延安，则城中房屋，十九皆遭敌机轰毁，市民迁居城外，南北东西，日趋繁盛，盖人民经济上无复旧时负担，政治已得自由，故虽受日寇严重损害，仍有此欣欣向荣之象也。偶过"三台胜境"（石碑在延安城东北里许延水东杨家岭上），感赋长句。

三台胜境偶留鸿，缭绕山川四望中。
处处秋初常集雨，年年春后尚多风。
肆陈杂货殊方产，③人住悬崖曲径通。
城郭旧容虽已毁，黎民苏息乐和衷。

【注释】
　①丁丑：1937年。
　②庚辰：1940年。
　③此句原作"地生小米斜坡种"，1960年改。

延安大桥成题句
董必武

秋水盈川没涨痕，步头无渡阻行人。
一桥架合东西岸，宝塔山前不问津。

1959 年 6 月 25 日

朱　德（1886—1976）　四川仪陇人。曾任国民革命军第
八路军总指挥（国民革命军第十八集团军总司令)，全国人大
常务委员会委员长。出版有《朱德诗选》等。本书诗录自人民
文学出版社 1963 年《朱德诗选集》。

和董必武同志《三台即景》
朱　德

秋初日暖看飞鸿，延水青山在眼中。
赤足渡河防骤雨，科头失帽遇狂风。
学生少有顽固派，教授多为中外通。
城郭成墟人杰在，同趋新厦话离衷。

1940 年秋

游南泥湾

朱 德

一九四二年七月十日，与徐特立、谢觉哉、吴玉章、续范亭四老同游南泥湾。

纪念七七了，诸老各相邀。
战局虽紧张，休养不可少。
轻车出延安，共载有五老。
行行卅里铺，炎热颇烦躁。
远望树森森，清风生林表。
白浪满青山，绿叶栖黄鸟。
登临万花岭，一览群山小。
丛林蔽天日，人云多虎豹。
去年初到此，遍地皆荒草。
夜无宿营地，破窑亦难找。
今辟新市场，洞房满山腰。
平川种嘉禾，水田栽新稻。
屯田仅告成，战士粗温饱。
农场牛羊肥，马兰造纸俏。
小憩陶宝峪，青流在怀抱。
诸老各尽欢，养生亦养脑。
熏风拂面来，有似江南好。
散步咏晚凉，明月挂树杪。

1942 年 7 月 10 日

步董必武同志原韵两首（选一）

朱　德

一九四六年十二月一日，我六十岁生日时，董必武同志寄我七律两首，依原韵奉和两首。

历年征战未离鞍，赢得边区老少安。
耕者有田风俗美，人民专政地天宽。①
实行民主真行宪，只见公仆不见官。
陕北齐声歌解放，丰衣足食万家欢。

【注释】

①此句湖南人民出版社1984年《延安文艺丛书·诗歌卷》作"耕者有田风俗厚，仁人施政法刑宽。"

林伯渠（1886—1960）　原名林祖涵，湖南临澧人。曾任陕甘宁边区政府主席，全国人大常务委员会副委员长。出版有《林伯渠同志诗选》等。本书诗录自中国青年出版社1980年《林伯渠同志诗选》。

春游杂咏

林伯渠

春游杂咏六首系一九四一年三月视察子长、安塞、保安等县，前后参观了铁工厂、织布厂、制革厂及造纸

厂等工厂，又看了一些乡村小学、各村黑板报和各处农
耕情况后写成这六首小诗。

依山石砬马难行，狭隘崎岖须扩平。
岸柳鹅黄川似画，春游不只劝农耕。

医寒送暖并疗饥，厂设农具与织机。
鼓动洪炉铸万汇，铁流滚滚就沙泥。

连绵三厂偎山河，织女如云投锦梭。
刮垢磨光鼎有革，马兰煮纸纤如罗。

野老告余春麦好，一寸春雪一寸金。
今年荒地更多垦，扶老携幼来远人。

河东战鼓频传闻，文教边区仍未停。
黑板村村当路设，授课端赖小先生。

明天因事回延安，议会重开审预算。
团结三三制有力，信心定可息狼烟。

静夜南关展望
林伯渠

如萤灯火拥半山，觉露披衣夜气阑。
我欲乘风叩九畹，澧兰沅芷总欣然。

功深涵养读离骚，道德五千恰可靠。
缭绕万花归否定，清音流水听山高。

1942 年

循范亭^①同志之约移住延园，诗以记之

林伯渠

领略名园又此回，依山傍水共徘徊。
桃枝差比梨枝矮，一样透过窗影来。

枯杨生稊满园中，活跃春情已不同。
性命如今能补益，稳撑立场整三风。

1942 年

【注释】

①范亭：续范亭。

敬题四八烈士陵园

林伯渠

蒙蒙雾雨黑茶山，石火魂飞太偶然。
赢得和平非易事，英范万古留延安。

1959 年 7 月 24 日

谢觉哉（1884—1971） 湖南宁乡人。曾任中华苏维埃共和国临时中央政府内务部长，陕甘宁边区参议会副议长，最高人民法院院长。出版有《谢觉哉文集》。

立寓前看雪口占

谢觉哉

忽然连日雪，万象尽瑶琼。
访戴行无路，卧袁听有声。
密点沾衣湿，斜飘扑眼明。
丰年今纪瑞，山峁有人耕。①

1943 年 3 月 5 日

【注释】

① "山峁"句：作者自注"俗呼山顶为山峁峁"。

川　口

谢觉哉

疏柳影初绿，①荒崖色暗殷。②
窗迎黄日暖，③门听浊流潺。④
地是闹中静，人偷忙里闲。
六时眠食稳，且喜俗情删。

1943 年 3 月 18 日

【注释】

① "疏柳" 句：作者自注 "河畔几株柳树，望之绿意"。

② "荒崖" 句：作者自注 "窑在沟里，面崖"。

③ "窗迎" 句：作者自注 "微风扬尘，日黄色"。

④ "门听" 句：作者自注 "延水流沟外"。

喜 雪

谢觉哉

绝似江南雪，初临塞北春。

飘来湿帘幕，望去泻琼银。

余燠昨宵火，沾花处士巾。

天公为涤秽，村市少游人。

1945 年 2 月 28 日

在范亭处谈毛主席的思想方法

谢觉哉

道在不沾兼不脱，思能入旧又全新。

万流争赴虚如海，一镜高悬净不尘。

践实体诚非别术，沉机观变竟通神。

公余一卷延园静，又是梨花压葛巾。

1945 年 4 月 5 日

记 雪

谢觉哉

迷蒙望去山天合，细碎飘来坡岼平。

崖畔危行人斗滑，枝头争噪鸟疑晴。

微寒赶做消寒饮，渐湿尤宜"抢湿"耕。[①]

无数女儿齐拍掌，纺纱播种记分明。

1946 年 3 月 8 日

【注释】

①"渐湿"句：作者自注"雪逐渐湿下去比雨好"。

万花山游记

谢觉哉

为访牡丹来，恰值牡丹谢。

红敛王者花，绿添妃子叶。

古庙何年荒，名花永岁在。

高原一点青，百株千株柏。

行程三十里，马少车不继。

犹存济胜具，勉慰游山意。

扑克饼蛋茶，柏下藉草息。

缬集满鞠春，问君何所寄。

1946 年 5 月 26 日

吴玉章（1878—1966）　四川荣县人。曾任陕甘宁边区文化教育委员会主任，中国人民大学校长。本书诗录自中国青年出版社 1979 年《十老诗选》。

和朱总司令游南泥湾诗（节选）
吴玉章

我闻南泥湾，土地皆肥沃；
风景称绝佳，森林更茂密。
七七纪念后，朱公约我游；
观察一年绩，任务完成否？
汽车出延市，风驰达岭北；
公路新筑成，迤逦登山脊；
四望众山低，殷绿连天碧；
盛夏草木长，大地无空隙。
南有九龙泉，西有万花山；
中心南阳府，东北金盆湾；
良田千万顷，层峦四面环；
青山与绿水，美丽似江南。
纵横百余里，剿回成荒地；
七八十年来，一向少人至；
旷野雉兔走，深林虎豹肆；
如此好山河，焉能久弃置？
公率健儿来，荒地次第开；

非徒益军饷，也在育英才；

经营勤计划，佳产试培栽；

川谷多开阔，沟洫导纡回。

平原种嘉禾，斜坡播黄麦；

牛羊遍乡野，鸡犬满家室；

窑洞列山腰，市廛新设立；

农场多新种，工厂好成绩。

四方众来归，群策复群力；

工农各得所，士兵勤学习；

空气常清新，疗养可勿药；

人人称乐土，家家皆足食。

1942 年 9 月 1 日

陈　毅（1901—1972）　四川乐至人。曾任新四军军长，国务院副总理。出版有《陈毅诗词选注》。本书诗录自北京出版社 1978 年《陈毅诗词选注》。

赴延安留别华中诸同志（六首选一）

陈　毅

众星何灿烂，北斗住延安。

大海有波涛，飞上清凉山。

1943 年 11 月

延安宝塔歌

陈　毅

延安有宝塔，巍巍高山上。

高耸入云端，塔尖指方向。

红日照白雪，万众齐仰望。

塔尖喻领导，备具庄严相。

犹如竖战旗，敌军胆气丧。

又如过险滩，舵手平风浪。

又如指南针，航海必依傍。

再视塔尖下，千万砖块放。

层层从地起，累累逾百丈。

大小不同等，愈下愈稳当。

塔脚宽且厚，塔腰亦粗壮。

方知塔尖高，群砖任鼎扛。

塔尖无塔脚，实在难想象。

塔脚无塔尖，塔亦不成状。

延安劳模会，其理正一样：

君不见劳动经验有万科，模范创造应讴歌。

条条经验个人得，系统推行领导多。

吾党军政善料理，而今生产执斧柯。

新人新物新政策，抗建由我不由它。

1944 年春

夏夜由王家坪归杨家岭

陈 毅

笙歌余韵依依送，云眼星光闪闪飞。
延水波涛翻骇浪，一灯藜杖送人归。

十里辉煌延市火，数峰聚散陇头云。
廿年征战频回首，诗意翻多此夜行。

1944 年

七大开幕

陈 毅

百年积弱叹华夏，八载干戈仗延安。
试问九州谁作主？[①]万众瞩目清凉山。

1945 年 4 月

【注释】

①作主：本处遵照陈毅原作，不改为做主。

枣园曲

陈　毅

一九五九年十月，重访延安作

停车枣园路，记从前，人民革命，中央曾驻。小米步枪对大敌，斗争真个艰苦。试追寻，领导高处，深知人心有向背，敢后发制人歼强虏。论功业，空前古。

先生雅量多风趣，常巾履萧然酣睡，直过卓午。起来集会谈工作，每过凌晨更鼓。喜四面山花无数，延河水伴秧歌唱，看诗词大国推盟主。我重来，欢起舞。

重访延安

陈　毅

（一）空中望宝塔山

太白雪高风更吹，单机转向延安飞。
忽然宝塔空中见，大喜故人天外归。

（二）王家坪

重回王家坪，八路旧址存。
声威震天下，总缘靠人民。

（三）过杨家岭故居

杨家岭内景依然，窑洞陈设似旧全。
长忆整风曾住此，七大一别十四年。

（四） 四八烈士墓

失事高空事不期，薄海腾悲哭健儿，
胜利一抔得安土，风仪永作世人师。

1959 年 10 月 25 日

续范亭（1893—1947） 山西崞县（今原平）人。曾任晋西北行政公署主任，晋绥军区副司令员。出版有《续范亭文集》。

三月三日又春雨喜甚
续范亭

大众欢呼我亦喜，延安三月又春雨。
迎风片片落梅花，入地斑斑成小米。

延园寄林老①
续范亭

阴历三月八日赴中央医院检查身体，十二日移居枣园，梨花正开柳树初发，特呈林老四句。

百树艳梨开老干，半园枯柳发新枝。
春光满目不能说，林老若来定有诗。

1942 年

【注释】
①林老：即林伯渠。

一九四三年在延安少陵川口光华农场休养，全家俱住半山腰窑洞，重阳下山散步偶写

续范亭

今年重九怕登高，扶杖下山走一遭；
历历霜红满眼是，本来家住半山窑。
少陵川口多诗意，大好河山产物饶；
足食丰衣群众喜，归途乘兴反登高。

南泥湾概况

续范亭

南泥湾，在何所？延安东南百里过。
山陵起伏森林茂，沟壑纵横雨露多。
同治以来遭兵燹，七八十年少人伙。
至今瓦砾已无存，偶有破窑在山阿。
此地南接黄龙山，千里森林稼穑艰。
山风山雨霜来早，愚翁有志无难关。
开始经营仅一载，田园阡陌满山间。
我来盛夏苗正长，军民欢乐尽开颜。
山间润湿雨露多，因地制宜讲农科。
黍麻麦谷新插稻，青菜洋芋杂嘉禾。
雨后幸无山洪暴，沟涧潺潺有细河。
偕友散步蹓公路，日落晚霞变幻多。

1942 年

风云庄①巡边

续范亭

追随朱公去巡防，驰车直赴风云庄。
风云庄上风光好，黄杨榆柳各成行。
虎踞要隘峰峦秀，九龙泉口水清凉。
窑洞满山军容壮，足食足兵自种粮。
何以招待总司令？午餐共食小米汤。
镇边将军问是谁？燕赵男儿贵姓张。
黄河以西无敌寇，特因肘腋有强梁。

1942 年

【注释】

①风云庄：作者自注"在南泥湾稍南二十余里，为王震将军所部某团驻地，起名风云庄，以示警惕不敢偷安之意。"

南泥湾杂咏·幽趣

续范亭

山静如初古，日长似小年。
有生成积习，何处是先天。

1942 年

南泥湾杂咏·散步口占

续范亭

散步徐行过小河，时闻田畔起农歌。
满川禾稼新抽穗，日落晚霞变幻多。

1942 年

王剑青　生平不详。

窑　洞①

王剑青

蚁饶匠意辟灵穴，蜂具忠忱护主宫。
应耻偷安输物智，要知取胜在人工。

【注释】

①李木庵注云："机关学校则沿延河两岸山脉凿窑以居，鳞次栉比，绵亘数十里。一山有叠至多层者，宛如蜂房。各山往来，磴道盘曲，如羊肠鸟径。行人缘山上下，有如蚂蚁，遂有趣语谓延安生活直如蜜蜂生活、蚂蚁生活云。延安窑洞，实为天然防空洞，凿穴的匠心技巧不逊于蜂房蚁室。"

吕振羽（1900—1980）湖南邵阳人。曾任中共华北局书记政治秘书，中国科学院哲学社会科学学部委员。出版有《吕振羽全集》。

偶　感

吕振羽

由敌占区到延安，值一九四二年岁暮。

吴楚茫茫天欲倾，烘天敌焰满九垠。
北来陡觉陕甘好，万姓高歌庆太平。

钱来苏（1884—1968）　浙江杭县人。曾任陕甘宁边区政
府参议，中央文史馆馆员。出版有《孤愤草初喜集合稿》。

凭吊杜甫川

钱来苏

世纪不记李唐年，潦倒诗人尚有川。
千古兴亡东去浪，一腔忠爱北征篇。
王孙央路江头哭，野叟辞家稚子牵。
垂老流离乡国恨，漫将孤愤诉樽前。

延安牡丹

钱来苏

昔年曾赋牡丹洲，不见名花空水流。
今日闲居嘉岭畔，却逢佳卉纵时游。
姚黄消息新烽火，魏紫凋零旧御楼。
羡尔灵根托足好，绛云烂缦集延州。

姜国仁（1896—1985）　一名湘琴，女，湖南宁乡人。陕甘宁边区师范、自然科学院、延安大学教师，长沙师范学校校长。著有《雪鸿集》。

浪淘沙·游南泥洼[①]

姜国仁

久慕南泥洼，首长同车。青山叠叠树参差。黄土高原林木少，此地真佳。

窑洞垒山涯，尽是军家。劈山种稻胜南华。主席阅兵齐列阵，雄伟堪夸。

1943 年

【注释】

①南泥洼：即南泥湾。

李木庵（1884—1959）　湖南桂阳人。曾任陕甘宁边区高等法院院长，中央人民政府司法部副部长。编著有《窑台诗话》。

骤雨延河陡涨水势奔放

李木庵

漫天雷雨势倾盆，倒汇山洪万马奔。
延水陡添两岸阔，古城斜峙一肱横。

堤新长护龙鳞活，境谧喜无虎眼惊。
欲挽怒流千尺浪，涤除禹甸血膻腥。

1943 年 8 月

延安新竹枝词（选十首）
李木庵

延 河

延水清浅水淙淙，曲似琅环直似杠。
为爱临流沙细软，多阳影里踱双双。

五一节

劳工盛节世同颁，假日欢娱莫等闲。
君带枣糕侬带饼，与君齐上万华山。

鲁 艺

桥儿沟畔柳成荫，学府宏开气象新。
多少才人润不得，文章艺术并时珍。

宝塔山日本工农学校

望中嘉岭塔摩空，不见辽文古代钟。
剩有弦歌能化敌，屠刀放下事工农。

杨家岭

边地风光遇不同，延山西至水流东。
杨家岭上云深护，气象葱茏有卧龙。

解放日报社

清凉山上晚风凉，清凉山下水波扬。
夜半文星齐放彩，光芒万丈耀天长。

南泥湾

南泥湾中别有天，兵农事业一身兼。
饷糈自给朱总戎，不数筹边赵屯田。

秧　歌

春节秧歌间及时，旧瓶新酒妙能知。
实边御侮大家事，游戏中含战斗姿。

菜社和食堂

"西北"青年各擅长，薯丝酥脆豆泥香。
羊羹泡馍更经济，要数清真小食堂。

光华商店

新市场中百货稠，短檐栉比满山沟。
招来顾客相呼语，减价"光华"在上头。

1942 年

延安南园牡丹 （节选）

李木庵

满地烽烟难目睹，剩有陕北一片土，
万花山上托灵根，胡尘不到增媚妖。
选胜辟园持护至，利物济人民主地。
晴雨时若万汇欣，永兹乐土适无二。
伫看八路收京还，移植娇红遍九寰，
拨根未逊洛中艳，赏心乐共万民欢。

1944 年

杜祠怀古 （节选）

李木庵

今来鄜县访遗踪，羌村故宅已无有。
只剩延州古城南，川以公名名不朽。
巉岩石畔一龛存，残题摩挲苔痕黝。
碣来历劫永不磨，犹对荒江阅云狗。
此邦解放政崇民，聿新文教民智牖。
慕公忠爱葺公祠，一瓣心香抒意厚。

1946 年

窑台诗话①

李木庵

两山排闼一桥蹲，行到窑台欲叩门。
古干横窗灯下影，夜来风雨逗吟魂。

烟笼塞谷泉声咽，风激长空鹤唳孤。
欲问怀安诸老意，窑台得似瑶台无。

【注释】

①题目为编者据作者原文标题所加。作者自注："窑台二字，不见经典，乃出自陕北土语。陕北地势高旷，雨水稀少，土地干旱，居民掏穴为洞，比邻而居，故有窑房之名。凿穴时皆就山势、土质、高低不一的自然形势顺势开掘。山势高凸处，常有突出的土台，辟窑于台上，即窑台。本诗话的编写地即在一窑台之上。此台在延安南关外边区参议会后山南面山畔上，南北长约四丈，东西宽亦同。北面倚山，南即边区政府后山，横列如屏障。两山相接处，有石桥横跨其间。"

罗 青（1902—1999） 江苏江都人。曾任晋冀鲁豫边区
政府教育厅长，北京市政协副主席。

延安四咏

罗 青

咏杨家岭

南距延城五里遥，马龙车水过前郊。
沿沟巨厦红旗舞，排岭层窑翠羽飘。
革命中枢宏策划，党民大众仰针标。
东方圣城光千丈，举世盛尊主席毛。

咏延河①

两度秋风两度春，延河四望景环生。
漫山灯焰疑香岛，浴塔朝光认赤城。
夹水弦歌风送爽，倚山营幕角连声。
堤边纵少千行柳，也胜秦淮蜷白门。

【注释】

①作者自注："延河两岸，风景最佳。自一九三八年延城
遭敌机轰炸后，各级领导机关均于城北沿河两侧山坡上凿窑建
厦以居。晚间，灯火漫山，颇似香港，外人有称延安为赤都
者。城东南有古塔一座，每当朝阳上升时，穿越山沟，光照塔
顶，红梁城垣，蔚为奇观。中央党校、总司令部、联防司令部
驻扎于河之两岸。雄越之歌声与号声，抑扬水上，每值夕阳西

下时，临流散步者，三五结伴，其风光较之南京秦淮河，未遑多让。"

咏桃林①

晚凉天气小桃林，灯月交辉集众宾。
悠韵弦声风细细，婆娑舞态月盈盈。
为联儿女工农谊，不失英雄战斗心。
一片欢娱无限兴，人间疑是到天庭。

【注释】

①作者自注："总司令部驻王家坪，数年来就地辟园，栽培花木，桃最多，故名桃林。复于林内加建小院，为公余游宴谈弈之处。每于夏秋周末佳日，举行联欢舞会，参加者为各机关人员，华灯明月之下，树影扶疏，其乐融融。"

咏清凉山

名山高耸号清凉，带水犄城望八荒。
畿辅受降狼狈踞，爷台肇衅鼠狐藏。
僧亡佛坠怜萧寺，纸贵文雄傲洛阳。
独此一匡干净土，月明松下晚潮香。

萧　三（1896—1983）　湖南湘乡人。曾任陕甘宁边区文协常务委员、文化俱乐部主任，中国作家协会书记处书记。出版有《萧三诗选》等。

延水送别

萧　三

黯然销魂唯别离，好事多磨我自知。
秃山浅水游戏日，戴月披星渡河时。
恨我迟迟执戈斧，羡君佼佼逞驱驰。
战斗乃得人生乐，后会有期何凄凄？

1943 年

萧　军（1907—1988）　辽宁义县人。中华全国文艺界抗敌协会延安分会理事，延安鲁迅艺术学院教员，中国作家协会理事。出版有《萧军全集》等。

延城感怀（三首选二）

萧　军

萧条一水带荒城，半夜饥狼号有声。
倚枕还寻别日梦，持书初忆故人情。
抽蕉有绪心难折，剥茧无由蛹更生。
似此栖迟知几日，且将冷眼耐飘零。

落落乾坤一布衣，悲怀绝处不成诗。
长歌自爱巴山曲，独酌还斟月下词。

未许只身销铁甲，要留一剑斩降旗。

长林日暗风萧瑟，侧耳犹闻战马嘶。

李宝忠　字健侯，陕西米脂人。陕甘宁边区参议会参议员。出版有《永昌演义》。

延城感怀（五首选二）

李宝忠

为崴山间结构雄，携锄负笈满延中。

土阶再见唐尧世，陶穴犹存太古风。

岂但文公衣大布，时看壮士挽强弓。

艰难正是兴邦日，驱寇还期禹甸同。

山势回环水势东，登高长啸浴东风。

雄城兀峙荒烟外，新市喧阗夹谷中。

创建几经开筚路，刍荛无补愧宾鸿。

遥闻画角声悲壮，破敌长怀将士功。

黄炎培（1878—1965）　字任之，江苏川沙（今上海市浦东新区）人。曾任国民参政会参政员，国务院副总理兼工业部部长，全国政协副主席，全国人大常委会副委员长。

延 安

黄炎培

飞下延安城外山，万家陶穴白云间。
相忘鸡犬闻声里，小试旌旗变色还。
自昔边功成后乐，即今铃语诉时艰。
鄜州月色巴山雨，奈此苍生空泪潸。

1945 年 7 月

魏传统（1908—1996）　四川达县人。曾任八路军政治部宣传科科长，总政治部秘书长，解放军艺术学院院长。

念奴娇·忆延安

魏传统

杜甫山中，万花山，一湾绿柳春色。石窑数垛依山立，水桥流水清澈。变工互助，勤劳生产，溪内摸蟹鳖，几家何似？令人存亡难说。

几亿山窑墙边，闻儿啼饥，寒天飞白雪。姚家乳娘相对泣，予心有如刀截，顽伪嚣张，敌寇猖獗，抗战保家国。汝若有知，记取寒凉温热。

钱昌照（1899—1988）　字乙藜，江苏常熟鹿苑（今属江苏张家港）人。曾任政务院财政经济委员会委员兼计划局副局长，全国政协副主席。

枣　园

钱昌照

园名今日闻中外，窑洞当年主席居。
想见小窗灯火下，文书看罢又军书。

叶剑英（1897—1986）　广东梅县人。曾任中共中央军委参谋长兼第十八集团军参谋长，中央军委副主席，全国人大常务委员会委员长。出版有《叶剑英诗词选集》。本书诗录自中央文献出版社 2008 年《叶剑英诗词集》。

重游延安（三首）

叶剑英

其　一

一别延安十二年，延安已改旧时颜。
王家坪上杨家岭，鸿爪从头细细看。

其　二

旧时窑洞旧时台，犹剩胡匪劫后灰。
陕北健儿真卓绝，最艰难处显奇才。

其　三

乡亲呼我最情真，枣子南瓜宴故人。
话到今年社里事，大家跃进要先行。

1959 年 3 月 5 日

郭沫若（1892—1978） 四川乐山人。曾任政务院副总理兼文化教育委员会主任，中国科学院院长，全国人大常务委员会副委员长。出版有《郭沫若全集》。本书诗录自人民文学出版社 1977 年《沫若诗词选》。

颂延安

郭沫若

二十余年心向往，光天之下我飞来。
崇山遍布英雄窟，革命长垂司令台。
延惠渠开功在眼，秧歌舞罢笑盈腮。
欣闻煤铁同丰产，工业新城已结胎。

1960 年 3 月 22 日

访杨家岭毛主席所住窑洞

郭沫若

窑洞三间光欲燃，明辉一片照山川。
长征二万五千里，领导京垓亿兆年。
在昔艰难成大业，于今跃进着先鞭。
杨家岭下低回久，风卷红旗分外鲜。

1960 年 3 月 22 日

谒延安烈士陵园

郭沫若

星徽遥望耸江皋，长使山川不寂寥。
血涴绮霞开曙色，泪翻红浪洒农郊。
为山九仞当增篑，接力千秋敢惮劳？
拜罢黄垆闻笑语，英雄人物看今朝。

1960 年 3 月 22 日

念奴娇·忆延安大学

郭沫若

杨家岭下，沐东风，承继光荣传统。革命红旗映朝日，暖风吹从窑洞。领袖雍容，思潮澎湃，四海人争颂。庄严圣地，光辉长与天共。

七年岁月峥嵘，防熊驱虎，粉碎黄粱梦。我愿报名来入校，求作新生录用。不是诙谐，并非机智，长把雄文诵。终身磨炼，普天共仰鸣凤。

1967 年 8 月 20 日

赵朴初（1907—2000）　安徽太湖人。曾任中国佛教协会会长，全国政协副主席。出版有《滴水集》《片石集》等。

百字令·延安礼赞

赵朴初

欣奔驰道，望迎前一塔，延安来到。山上延园遥指点，山下延河微笑。洞吐虹霓，树喧猿鸟，想见风云闹，英雄儿女，归心天下多少。

争话薪胆坚心，江河浩气，岩穴神州小。旋转乾坤无尽愿，终把魔氛尽扫。下笔飞龙，燃犀烛怪，一卷人争宝。循墙抚案，壮心腾跃云表。

1960 年 11 月

田　汉（1898—1968）　湖南长沙人。中国文学艺术界联合会副主席、中国戏剧家协会主席。

延安纪行漫录（十五首选二）

田　汉

访凤凰山麓毛主席和党中央窑洞。主席和少奇同志在此写了许多著作。

暖洞明窗供小花，凤凰山麓短墙遮。
由它敌弹飞如雨，何碍挥毫革命家！

访王家坪毛主席窑洞。胡宗南进攻时，主席从此处离开延安，亲自指挥作战。

两弓窑洞一盘餐，主席艰辛斗逆澜。
犹忆大军歼白匪，满天风雪出延安。

参观南泥湾写赠农场党委（三首选一）
田　汉

延安气派已开花，除了棉盐百不差。
万树杏桃一湾水，江山如此可为家。

1961 年 1 月

陈迩冬（1913—1990）　广西桂林人。曾任山西大学教授，人民文学出版社古典文学编辑，民革中央委员。出版有《陈迩冬诗文选》。

高阳台·延安
陈迩冬

陕北高原，塞南雄郡，当时革命中心。猎猎红旗，激扬世界人民。长征万里停骖处，听延河，流诉衷情。看群山，不语欣然，头白还青。

艰难莫忘碑程记：有十年内战；八载倭侵；四度经冬，涤除美蒋羶腥。延安伟大光荣地，与苏都，曾耀双灯。① 且同偕：访枣园秋，② 唱沁园春。③

1961 年

【注释】

①作者自注："故诗人柳亚子一九四七年寄毛主席诗有句云：'世界光明两灯塔，延安遥接莫斯科'。"

②作者自注："枣园是毛主席及党和国家领导人住过的地方。"

③作者自注："沁园春指毛主席的词。"

张平化（1907—2001） 湖南炎陵人。曾任中共中央宣传部部长，国务院农委第一副主任。

赞南泥湾

张平化

钢铁长城意志坚，披荆斩棘力争先。
农工商运经营好，衣食住行供应全。
五老欣欣题雅句，九龙滚滚吐清泉。
江河后浪推前浪，继往开来赖众贤。

1980 年 4 月

段 云（1912—1997） 山西蒲县人。曾任财政部副部长，国家计委副主任。

登延安清凉山（二首选一）
段　云

崎岖山窝水池边，斜睇可见凤凰山。
倒影山下延安市，今日楼厦胜于前。

1982 年 10 月

贺敬之（1924—）　山东峄县（今属枣庄）人。曾在延安鲁艺文学院学习，任中共中央宣传部副部长。出版有《放歌集》《贺敬之诗选》等。

访延安清凉山
贺敬之

再回延安，登清凉山，遵地委黑振东同志命，赋此。

我心久印月，万里千回肠。
劫后定痴水，一饮更清凉。

1982 年 11 月 23 日

徐非光（1929—）　山东掖县人。曾任中共中央宣传部艺术局局长。

延安行

徐非光

君不闻，陇道曾比蜀道难，高原曾比华岳险。

路难终可通，山险终可攀。
烽烟十三载，万目瞩延安。
延安今何处，轻车越高原。
俯捧延河水，仰望宝塔山。
月印清凉亭，塔映杜甫川。
昔闻"北风吹"，曾歌"南泥湾"。
今作延安游，了却平生愿。
何以疗尔疾，且饮定痴泉。
何以醒尔心，清凉风扑面。
若问中兴策，请君回首看延安。

1983年1月

杨奎章（1921—2009）　笔名杨群，广东梅州人。曾任广州市文化局局长，广东省政协副主席，全国政协委员。

延安行

杨奎章

心向往之四十年，穷思皓首志弥坚。
崇山高矗英雄迹，延水长流革命泉。

大垦深沟藏马列，开天辟地仰前贤。
喜尝小米红薯饭，重上征途天地宽。

1984 年

　丁　玲（1904—1986）　女，湖南临澧人。曾任中国文艺协会主任，陕甘宁边区文协副主任，中国作家协会副主席。出版有《丁玲全集》等。

重上清凉山

丁　玲

重上清凉山，酸甜苦辣咸。
思来又想去，还是延水甜。

1985 年 4 月

塞芦烽堠　鼙鼓动地

安塞区

　　安塞区位于陕西省北部，延安市中北部，春秋为白狄所居。战国先属魏后归秦。秦王属上郡高奴县，旧说高奴故城在其境。汉末至西晋，为匈奴等民族游牧区。北魏置广洛县、金明郡、因城县等。隋改广洛为金明县。唐复置金明县。宋设安塞堡，继而撤堡立县，治所在今碟子沟。民国初，县治迁新乐寨。1942 年县治迁真武洞。2016 年撤县设区。境内沟壑纵横、川道狭长、梁峁遍布，延河横穿南北，主要山丘有高峁山、雅行山、天泽山等。地处边塞要地，为历代兵家必争之地，境内堡寨众多，关隘四设，烽火台隔山相望，崖窑依险而凿，著名的有塞门寨、龙安古城、高桥寨及古迹云台观等。芦子关雄踞县北，旧属安塞，现归靖边，因杜甫《塞芦子》一诗名世。黄土文化底蕴深厚，以安塞腰鼓、剪纸、农民画为代表的民间艺术历史悠久，源远流长，在国内外享有盛誉。清康熙《延安府志》载安塞四景，即山寺晚钟、河流春涨、金龙暮雨、石凤晓烟。民国集"安塞十景"，即秦城访古、剑匣秋风、椒蒿行云、龙潭灵雨、翟泉夏冰、芦关踏雪、唐寺晓钟、石门夜月、桃花流谷、花庄赏春。

金

赵秉文（1159—1232）　字周臣，号闲闲，磁州滏阳（今河北磁县）人。大定二十五年（1185）进士，官安塞主簿，升礼部尚书兼侍读学士。

塞上四首

赵秉文

穷边四十里，野户两三家。
山腹过云影，波光战日华。
汲泉寻涧曲，樵路入云斜。
随分坡田罢，还簪野草花。

因寻射雕垒，偶到杀狐川。
卤地牛羊瘦，边沙草木膻。
废城余井臼，古戍断烽烟。
自说无征战，经今六十年。

薄宦边城里，经年无客过。
一川平地少，四面乱山多。

野色连秋塞，边声入暮河。
旧貂寒更薄，飘寄欲如何。

树霭连山郭，林烟接塞垣。
断崖悬屋势，涨水没沙痕。
烽火云间戍，牛羊岭外村。
太平闲檄手，文字付清尊。

明

周　赐　四川人。举人，正德年间任安塞知县。

万寿寺①
周　赐

琢就云根半壁开，四围风景类蓬莱。
延河逝水黄河合，南寺钟声北寺回。
洞户有天悬日月，禅关无地着尘埃。
遥遥边塞闻山祝，欲跨飞凫谒上台。

【注释】

①万寿寺：清乾隆《安塞县志》："万寿寺：邑南郭。依山结宇，危阁崚嶒，一邑胜概，词人游览辄有题咏，石洞悬岩中，尤多石刻。"民国《安塞县志》："万寿寺：在旧城之南郭，即新城之西隅。明崇祯十二年修，清康熙二十二年重修，道光、同治、光绪中历有补修。"在今安塞区沿河湾镇。

相世芳　山西安邑（今属运城）人。正德九年（1514）甲戌科进士，官刑部郎中，谪戍延安。

游云台观①回憩万寿寺
相世芳

万寿开山古，群峰接引遥。
禅房长日月，佛阁上云霄。
路启缄縢觉，经翻贝叶飘。
登临多乐事，况复遇花朝。

【注释】

①云台观：清乾隆《安塞县志》："石峰山：邑城北五里。……上建云台观，祠真武，顶悬玉皇石阁，四神洞下刊吕纯阳真像。邑士大夫往往游息题咏。"石峰山，今称云台山。

马中锡（1446—1512）　字天禄，号东田，祖籍大都，北直隶故城（今河北故城）人。成化十一年（1475）乙未科进士，官陕西督学副使，右都御史。有《东田文集》传世。

再发安塞
马中锡

塞门东望雪初晴，骢马摇摇趁晓行。
面日远山明似近，背风深堑积皆平。
僧开野寺林鸦散，人叩柴扉砦犬鸣。
不是六花妆点好，黄沙白草若为情。

马懋才　字晴江，安塞人。天启五年（1625）乙丑科进士，官行人，岳州副使，礼部祠祭清吏司员外郎。

宝山寺① 看牡丹分韵
马懋才

紫艳曾闻贮魏家，而今移种向天涯。
给孤园里风光好，疑是谈经口吐花。

【注释】
　①宝山寺：清乾隆《安塞县志》："寺多牡丹，四月八日尽开，游人咏赏。"民国《安塞县志》："在城（今沿河湾镇）北八十里。"

清

孙大儒　字汝为，山东莱阳人。顺治六年（1649）己丑科进士，七年（1650）任安塞知县，康熙元年（1662）任处州府知府。

九日游云台观偕友醉饮
孙大儒

孤峰特出乱山围，峭拂天风曙色飞。
九月霜严豺虎净，三秋阳曝菊花肥。

灵分北岳屏延镇，水注西川绕塞畿。
此日登临争健足，绛囊不系醉翁衣。

韩甲京　安塞人。余不详。

和孙明府九日登云台观韵
韩甲京

山城高耸水重围，龙首秋云木叶飞。
共说霜天鹰眼疾，却思江上蟹螯肥。
茱萸共佩瞻枫陛，蓠菊将开遍海畿。
此日山头人尽醉，岚光欲系使君衣。

韩一识　安塞人。岁贡，官甘肃灵台训导。

游龙头观[①]
韩一识

东风吹柳带轻寒，联步高峰古径跚。
危磴俯空疑虎踞，奇松倚涧似龙蟠。
门含云气关河溢，座绕炉烟法界宽。
到此已空尘世想，不须方外觅金丹。

【注释】

　①龙头观：清康熙《安塞县志》："天泽山：邑东……南建龙头观，祀真武。三月三日，士女进香，游人词客多所题咏。"

赵廷锡 肤施（今宝塔区）人。顺治十八年（1661）辛丑科进士，官内阁中书，户部湖广司主事。

云间寺①访友读书

赵廷锡

勒辔访幽景，山深野路迷。
踏冰凌石磴，印雪过清溪。
寺远闻经语，天空听鸟啼。
高僧来接引，得遂白云栖。

野寺深山里，萧萧古木疏。
松风飞梵响，花语点禅虚。
茹素分僧饭，翻经检囊书。
静看莲子发，明月照蝉蝓。

【注释】

①云间寺：当指福严寺。清康熙《安塞县志》："距城六十里。古柏苍翠，院宇幽胜。郡人赵锡胤偕弟英胤、茂胤、胤嘉及同事马驷、韩一识读书于此。"

兵过吊战场

赵廷锡

揽辔归来径已荒，川原一望日斜阳。
燐生野草黄昏见，鬼哭春山白日忙。

破甑依然悬断涧，烬头犹自覆颓墙。

停车不忍一回首，何必别寻古战场。

郭指南　字周车，安塞人。顺治十五年（1658）戊戌科进士，康熙三年（1664）任广东电白知县。

塞门①行

郭指南

劳扰干戈二十年，赢身日走万山巅。

朝随猭猶过塞门，暮同崔鹜集沙田。

有妻有子添贫病，心强命弱空相竞。

老亲皤然为我慰，幼儿啼饥向谁控。

去年洛滨移来此，今年更入沙漠里。

唯将书卷伴春秋，满引浊醪消我愁。

君不见，鸱夷去后音书绝，避谷子房今亦休。

人生万事终归尽，只此荣名天地留。

【注释】

①塞门：位于安塞区北镰刀湾。清康熙《安塞县志》："塞门砦堡：宋为砦，明置驿，今革除，城垣屹然。"

吴　瑞　江南南陵（今安徽南陵）人。雍正三年（1725）任延安知府，雍正七年（1729）补礼部仪制司员外。

安塞剑匣寺①
吴　瑞

李唐数百载，开辟启文皇。
宝剑雄名藉，琳宫胜迹彰。
乔松依佛殿，苍霭拂禅房。
劳吏偷闲久，山岚带夕阳。

【注释】

①剑匣寺：清乾隆《安塞县志》："剑匣寺：距城（今沿河湾镇）五十里。绿柳苍翠，古洞临崖，亦一幽胜。考碑记，唐太宗偕李靖领兵征北番，过高奴，抵龙安界，士人奏大蟒为害。太宗射蟒化蛇，入石罅，挽其尾，化为剑，缺刃，按剑磨之，石为之亏。宋元祐建寺，元至正乙未修之，明弘治十五年重修。"在今建华镇。

德　珠　满人。官康熙朝内阁学士，总督仓场户部右侍郎。

龙石头①
德　珠

余薄游至此，见斯巍峨，截然中开，不胜心异。土人曰此龙石头也。昔雷雨震裂，有龙飞出，故至今名之，余因赋此以纪。

雷雨竟何年，破石龙飞去。

历看龙石头，讵乃藏龙处。

【注释】

①龙石头：在招安镇龙石头村。

邹锡彤　又名邹旗，四川涪州（今重庆涪陵）人。乾隆元年（1736）丙辰科进士，官安塞知县，铜仁知府。

登万寿楼

邹锡彤

层峦耸立势飘然，石蹬纡徐瞩远天。
万境还归心上印，几人参破洞中禅？
抟飞寒岭秋风劲，日在槐阴午照圆。
为语往来车马客，好澄俗念访金田。

玉树萧森再历秋，闲来倚遍阑干头。
座中诗酒同人我，檐外山河自峙流。
钟韵徐闻诸品静，客心远寄白云浮。
谈经好待松门月，适兴如随惠远游。

叶　珍　浙江乌程人。嘉庆二十年（1815）任定边县盐场堡县丞。

安塞山行
叶　珍

策马才过延水滨，又随雕鹗入重云。
回峰路似肠千折，绝望人垂足二分。
去鸟影连苍霭没，飞流响遏绛云闻。
登高频觅惊人句，回首雕阴已夕曛。

贺熙龄（1788—1846）　字光甫，号庶龙，湖南善化（今长沙）人。嘉庆十九年（1814）甲戌科进士，官河南道御史，提督湖北学政。著有《寒香馆诗文钞》。

寒　塞
贺熙龄

万马踏云黄，关城落日苍。
河冰连地合，沙阵压天长。
百丈山堆雪，三更甲有霜。
太平军士乐，呼醉卧边场。

李嘉绩（1844—1908）　字云生，号潞河渔者，原籍直隶通州，成都人。监生，光绪十六年（1890）二月到光绪十七年（1891）八月署保安知县。著有《榆塞纪行录》《代耕堂杂著》《代耕堂诗稿》等。

安塞县
李嘉绩

万叠青山下土门，[①]萧萧野色起黄昏。
石随区水[②]流边转，云向芦关塞处屯。
范老甲兵无故垒，高奴城郭有荒村。
东皇绿遍风中柳，莫遣长条绊客魂。

【注释】
①土门：今志丹县永宁镇安条岭土门村，清代下岭入川即属安塞境。
②区水：清嘉庆《延安府志·水道考》载，区水出安塞县北芦关岭西山，一名清水，一名去斤水，即延河。

隆安镇道中
李嘉绩

杨枝蘸绿草抽青，客路清明节后经。
半日荒程人不见，春风吹度五长亭。

叶星文　河南南阳人。增生，光绪二十六年（1900）任安塞知县。

重九登新乐寨① 赏菊

叶星文

君有重阳约，我乏题糕材。
商量同作伴，相邀乘兴来。
携杖通曲径，著屐任徘徊。
红叶堆碧砌，绿树照青苔。
少长共咸集，群贤毕英才。
书斋清净里，曾不染尘埃。
把酒赏乐趣，吟诗亦快哉。
沉醉归去后，一路菊花开。

【注释】

①新乐寨：民国《安塞县志》："新乐砦：在县西四里。清同治八年，邑令何殿元、韩均等修筑。光绪二十一年及宣统三年，邑人郭永清提倡，率众屡加修补，藉以保卫桑梓，全活无算，为塞邑雄镇。民国十一年，知事钮承恩复建，修外寨，石砌两门，南题'南逼乌延'，北题'北连沙漠'。"

现　代

杨国颐　江西南昌人。民国六年（1917）年任安塞县知事。

丁巳①夏宦游安塞留别士民（八首选一）
杨国颐

昼长人静鸟声清，山对晴岚豁眼明。
案牍不劳形自逸，偶依庭树宓琴鸣。

【注释】

①丁巳：民国六年，公元1917年。

吉秋农　陕西长安人。民国六年（1917）任安塞县知事。

重九登新乐寨
吉秋农

健步登新乐，秋高爽气多。
胸怀犹鼓荡，发种奈蹉跎。
话雨三生幸，临风一放歌。
龙山今日会，明岁又如何？

杨元焕　字文郭，江西南昌人。民国十二年（1923）任安塞县知事。

安塞故城
杨元焕

万山环峙一孤城，二水潆流不断声。
天泽[1]临依形更险，道通银夏古金明。

【注释】

①天泽：民国《安塞县志》："天泽山：在县治东五十步。其山土石相间，上有天泽泉，四时不竭，嶙峋挺峙，远瞰清流。山上有翟王泉，董翳所凿，又有惠民井，在山之坳处，今二泉俱堙。高三十七丈七尺，长二十九度，周围四里。"

安塞形胜
杨元焕

东依天泽势蜿蜒，西控招安古砦连。
南依屏藩秦上郡，北临沙漠镇三边。

郭超群　安塞人。清末拔贡，民国二年（1913）任安塞县第一科科长。

唐太宗斩蟒化剑处

郭超群

龙之蜿蜒凤之跂，出自北门四十里。
峡口乃有剑匣寺，唐王斩蟒即在是。
太宗临政不可及，所宝维贤得其理。
同卫国公平北番，巨蛇当道欲效死。
不知何神来呵护，化作宝剑赠天子。
土人因名龙安镇，大患削平道如砥。
万古江山终不改，塞上风云自此始。
手提三尺日月光，突厥闻之不敢起。
赫赫威震三边外，肃清四夷功莫比。
凌烟勋臣二十四，唯有李靖我心喜。

安塞十景题咏并解 （十首选六）[①]

郭超群

　　谨按：各省县志均列八景或十景，安塞文献无征，想系失传。癸亥[②]秋，杨文郭县尊续修邑乘，语及此，深以为憾，乃题刊十景于石坊，树之新乐山坳，永垂不朽。鄙人拜读之余，钦佩莫名，按题分咏，并注浅解，悉本通志所载，未敢臆说，文字不计工拙，聊共阅者赏心娱目之一助耳。

秦城访古

按：高奴故城在县北八十五里。倚山为城，秦翟王董翳国此，汉高祖破，以县之，此为境内城堡之最古者。土人至今往往掘地得铜铁，石凿饮马故道尚存。

古城何岩嶤，秦王国在兹。
汉高破为县，匈奴自退之。
石凿饮马道，铜铁获亦奇。
屈指二千载，悠悠我心思。

剑匣秋风

按：剑匣寺在县北五十里。古洞临崖，院宇幽胜。考碑记，唐太宗偕李靖领兵征北番，过高奴，抵龙安，射蟒入石罅，挽其尾，化为剑。宋元祐中建寺于此。迄今洞口犹有秋风凛冽之气，令人感慨不已。

龙安称盛事，剑气化太冲。
芙蓉出匣日，从兹销兵戎。
古洞临崖际，凛冽似秋风。
策马凭吊处，勒石早纪功。

椒蒿行云

按：椒蒿山在县西北百余里。远望时有云气流出，人多奇之。

椒蒿山何在，西北百余里。

行云流不住，瑞气霭青虚。
地灵原无异，人杰亦复初。
触石连翻起，底事太史书。

龙潭灵雨

按：龙潭井在县西南二十里。潭深水清，四时不竭，祷雨灵应。

潭深水更清，有龙辄效灵。
精诚通帝座，何愁野无青。
漫说桑林祷，休夸喜雨亭。
甘霖歌既足，诗人咏其零。

翟泉夏冰

按：翟王泉在县治天泽山上，为秦翟王董翳所凿。其水清凉沁骨，至首夏犹有结冰未解，邑人于伏中多饮此水以消暑气。

天泽山坳里，翟王一古泉。
约计开凿日，遥遥二千年。
首夏冰未泮，清凉沁无边。
古今避暑客，谁投饮马钱？

芦关踏雪

按：芦子关在县北一百五十里。有土门山，两崖峙立如门形，如葫芦，故谓之芦子。北控沙漠，峻岭雪积，昔名流过此，多有题咏。③

芦关居塞要，北连沙漠边。
阴山横其背，积雪冈峦巅。
骑驴寻梅者，推敲访名贤。
鸿爪留印迹，坐寒五夜毡。

【注释】

①因辖区变动，"唐寺晓钟""石门夜月""桃花流谷""花庄赏春"所在地今属甘泉县，此处录六景。

②癸亥：民国十二年，公元 1923 年。

③唐杜甫《塞芦子》："五城何迢迢，迢迢隔河水。边兵尽东征，城内空荆杞。思明割怀卫，秀岩西未已。回略大荒来，崤函盖虚尔。延州秦北户，关防犹可倚。焉得一万人，疾驱塞芦子？岐有薛大夫，旁制山贼起；近闻昆戎徒，为退三百里。芦关扼两寇，深意实在此。谁能叫帝阍，胡行速如鬼！"

郭超伦　安塞人。清末拔贡，民国二年（1913）任安塞县第二科科员，民国十一年（1922）任安塞县劝学所所长。

安塞形势歌
郭朝伦

安塞安塞，形势冠绥延。
西汉留胜迹，北斗挂城边。
北门锁钥，上郡咽喉。
古来英雄，用武此间。

剑匣寺芦子关，风萧兮延水寒。

安得貔貅士，控制塞北边。

近据龙安镇，远跨卧牛巅。

榆溪铁岭做屏藩，山河四塞虎踞龙盘。

咏新乐寨词

郭超伦

新乐新乐云如之，何时乎、不再岁月蹉跎？

三山鼎峙，二水囊括，蜿蜒数十里，历年四千多。

如欲襟其山，何难带其河？

汉唐用武地，英雄施韬略，

迄今留胜迹，峻岭日销磨。

已矣乎！夕阳流水千古恨，禾黍秋风奈若何？

而今继起应有人，拍手同唱新乐歌。

安定钟灵　山河毓秀

子长市

　　子长市位于陕西省北部，延安市北部。春秋归白狄，战国属魏，秦设阳周县。北魏至宋，分属城中、魏平、延川、怀宁等县辖。宋康定元年（1040）设安定堡；蒙古宪宗二年（1252）置安定县（治所今安定镇），明清一直相沿。1934年至1935年，先后成立赤源、秀延、子长、瓦窑堡4县市；1936年设安定县，治所瓦窑堡。1942年改名子长县。2019年，撤县设市。地处陕北黄土高原腹地，有清涧河、无定河、延河三大支流水系，地貌类型多样，煤炭石油富集。景观多，品级高，钟山石窟、瓦窑堡革命旧址系国家重点文物保护单位，谢子长烈士纪念馆系全国烈士重点建筑物保护单位。钟山石窟始建于晋，窟内有大小佛像万余尊，被史学家称为"敦煌第二"，历代题咏甚多。安定古镇饱经沧桑，保存完整，清代县衙、历史民居别具特色；高柏山、龙虎山风景区成为新观光区。清康熙《延安府志》载安定二景，即凤岭屯霞、花岩耸秀。清道光《安定县志》辑录安定八景，即石室庄严、凤岭朝霞、锦屏叠雪、西池晚烟、花崖秀特、文笔腾光、龙山夕照、北河晓月。

金

李秉道　武川人。清雍正《安定县志》作唐代人，此据钟山石窟刻石时间。

留题万佛岩寺①
李秉道

谁镌化佛自天工，我见尘心一洗空。
今夜梦魂何处着，飘飘疑入此山中。

泰和甲子岁②重九日上石

【注释】

①清雍正《安定县志》题为《游石宫寺》，此据钟山石窟石刻。万佛岩寺：即钟山石窟，又名万佛岩、普济寺、大普济禅寺、石宫寺，位于安定镇东北钟山南麓，距瓦窑堡15千米。依山而建，坐北向南，南临秀延河水，西眺安定故城，经历代修葺、扩建，形成由钟山石窟、萧寺宫、石宫寺砖塔、惠善大和尚浮图塔、松岩大禅师浮图塔等组成的钟山石窟群景区。

②泰和甲子岁：金章宗泰和四年，公元1204年。

元

韩　懿　王相府架閤库提举。

游石宫寺
韩　懿

驰驿南来驻马蹄，寻幽共上白云梯。
夕阳一望山无数，万佛岩前绿树低。

白石韩懿纫安偕行者葭州同知褚克温、安定尹王甫、簿穆枢，至元己卯六月三日也[1]

【注释】

①至元己卯：元代有两个至元己卯年，前至元十六年（1279）、后至元五年（1339）。

明

曹　琏　字廷器，湖广永兴（今湖南永兴）人。宣德四年（1429）解元，官陕西按察副使，擢大理少卿参赞延绥军务。

安定即事
曹　琏

封疆安定属皇明，犹自依山筑旧城。
数里编民开小邑，几家屯卒住连营。

风清泮水闻弦诵，霜肃沙场阅练兵。

菲薄滥叨边阃寄，愿摅忠赤赞升平。

游石宫寺二首
曹 琏

联辔过兰若，天然景入题。

高岩镌梵像，斜道凿①云梯。

献果猿频至，衔花鸟自啼。

老僧相契合，煮茗论②曹溪。

闲来游梵③刹，景物最堪题。

炯耀岩为像，迢遥石凿④梯。

喜无俗客至，唯有野猿啼。

老衲忘怀送，欣然过虎溪。⑤

【注释】

①④清道光《安定县志》"凿"作"作"，此据钟山石窟石刻。

②清道光《安定县志》"论"作"话"，此据钟山石窟石刻。

③清道光《安定县志》"梵"作"古"，此据钟山石窟石刻。

⑤落款镌有"大明天顺元年丁丑岁元月僧"字样，天顺元年为1457年，疑为僧人应和之作。

胡文璧 （1460—1523） 字汝重，耒阳（今湖南耒阳）人。弘治十二年（1499）己未科进士，官浙江监察御史、太常少卿，四川按察使，曾贬延安府照磨。著有《文会录》《耒阳遗记》等。

秋日游石宫寺
胡文璧

万佛岩头访旧宫，洞天深处碧玲珑。
山坡积雨苔纹绿，塞地先秋霜叶红。
风景一时从笔遣，文章几个被纱笼。
缁衣老衲知迎客，竹荫禅房曲径通。

李 元 淮安人。正德三年（1508）戊辰科进士，官监察御史，陕西右参议。

游石宫寺
李 元

霁雪山程远，寒云石洞深。
汲泉怜老衲，一勺洗尘心。

正德戊寅季冬之吉

和　清　字任斋，山西平定人。举人，嘉靖十九年（1540）任安定知县。

晚春游万佛寺^①
和　清

春风台上白云闲，柳外啼莺山外山，
活水源头无觅处，桃花流出^②到人间。

赏花人醉石楼西，绿战^③红酣莺乱啼。
最恨东风容易去，满腔春句向谁题。

【注释】

①清雍正《安定县志》题作《晚春游寺》，此据钟山石窟石刻。

②清雍正《安定县志》"出"作"水"，此据钟山石窟石刻。

③清雍正《安定县志》"战"作"衬"，此据钟山石窟石刻。

韩　禄　官西安后卫（位于今西安市未央区）领班都指挥。

游万佛岩有感
韩　禄

我今来防守，俄入一洞天。
峰峻摩青汉，树低浮紫烟。

步殿俗气脱，披甲壮心坚。
连夜繁乡梦，何时振旅还。

嘉靖岁次丙寅孟冬吉旦西安后卫领班都指挥韩禄记

张永廉　山东人。嘉靖二十六年（1547）任安定教谕。

题万佛岩（和韵）

张永廉

洞天深处藏佛工，几点丹青烛长空。
却忆千余年外迹，玄微疑在品题中。

再得五言一绝

张永廉

古寺连山座，华巅蔟阵屯。
因人成胜概，别是一乾坤。

赵　化　河南陕州人。恩贡，万历五年（1577）任安定知县。

游石宫寺二首
赵　化

象教慈悲觉世迷，相随杖履到山扉。
上方梵磬沉沉远，净土莲花片片飞。
宝相光明悬日月，瞿昙顷刻洒珠玑。
如来舍利时常现，护我群生拱太微。

谁构层楼最上头，槛前缘水绕宫流。
岚光塔影云中现，翠霭香烟鼎内浮。
飞锡僧来谈罔象，逐尘客自讨青幽。
登临此地浑忘倦，勘破禅关世味休。

杨　京　太和人。万历二十年（1592）前后任延安府西路粮厅同知。

偕王令君游石宫寺分韵得梁字
杨　京

何代山人辟混茫，岩扉石洞隔河梁。
纵观结构皆灵异，始信流传自汉唐。
檐广雨花空片片，洞深仙乐鼓锵锵。
右军况是兰亭序，肯令东风负羽觞。

王光祖 字孝标，河南南阳人。举人，万历十七年（1589）任安定知县。

陪杨郡丞游石宫寺分韵得凝字
王光祖

东林晴日郁如蒸，石室遥看宝相凝。
钟落半天人访寺，语参土乘客传灯。
一樽未许攒眉去，百尺还堪纵目凭。
何意关西旧夫子，暂纡道驾得陪承。

旸 谷 生平不详。清雍正《安定县志》作"阳谷"。

石宫寺
旸 谷

石宫寺傍古城隈，悬崖飞阁何崔巍。
上有标云之高塔，下有清流百折洄。
飞瀑冲激砂岸石，湍声日夜争喧豗。
寺古僧稀人迹罕，钟磬盂钵生莓苔。
行人几发登临兴，每缘尘务未暇来。
有时兴发不能止，水壶载酒玻璃杯。
清风明月一时到，与尔共醉清梵台。
月转东山风亦息，倾搏倒罍不知回。
儿童莫笑山翁醉，玉山自倒非人推。
功名富贵徒愁耳，乘兴复来真优哉。

高天命　字怀我，山东德州人。举人，万历二十六年（1598）任安定知县。

和旸谷韵
高天命

安定孤悬绝塞隈，层峦叠嶂势崔巍。
登山如①跻青霄上，俯视幽谷百尺洄。
巉岩鸟道惊虎豹，胡笳秋声两喧豗。②
趁此阴雨初飘摇，③急芟荆棘辟莓苔。
昼夜拮据手口瘃，④那得空山乘兴来。
有时玉人经此地，絷维白驹饮几杯。⑤
才动投辖落帽狂，⑥俄报烽烟⑦起敌台。
仓皇督戎列剑戟，却道贤王射猎回。
浮生险夷⑧皆前定，一麾西狩岂⑨为推。
庙堂果建复套策，兵衅永销始快哉。

沧南高天命简书于万佛□□岩明万历□年初秋既望谷旦

【注释】

①清道光《安定县志》"如"作"直"，此据钟山石窟石刻。

②清道光《安定县志》作"山风涧水相轰豗"，此据钟山石窟石刻。

③清道光《安定县志》作"阴雨飘摇迨天未"，此据钟山石窟石刻。飘，原石刻作"漂"。

④清道光《安定县志》作"予手拮据予口瘏"，此据钟山石窟石刻。

⑤清道光《安定县志》作"其人如玉经此地，白驹维縶斟琼杯。"此据钟山石窟石刻。

⑥清道光《安定县志》作"嘉客才动投辖意"，此据钟山石窟石刻。

⑦清道光《安定县志》"烽烟"作"烟烽"，此据钟山石窟石刻。

⑧清道光《安定县志》"夷"作"易"，此据钟山石窟石刻。

⑨清道光《安定县志》"岂"作"谁"，此据钟山石窟石刻。

邱云肇　字伯开，号似林，山东诸城（今属山东五莲）人。万历二十六年（1598）戊戌科进士，万历三十年（1602）任安定知县，官至大理寺右评事。

寺中邀饮

邱云肇

满园春色正三阳，樽酒相邀兴味长。
细柳摇风浮沼绿，飞花舞坐襆衣香。
山悬图画知留客，涧泻鸣琴解劝觞。
风景无边关不住，分明天地也疏狂。

薛文周　字晴岚，安定（今子长）人。万历四十四年（1616）丙辰科进士。官山东潍县、掖县知县，擢吏科给事中。

游石宫寺二首
薛文周

华宫古树带斜阴，石磴逶迤一径深。
涧泻清流澄佛目，帘垂素影净禅心。
昙花香拂三千界，茎草云翻丈六金。
法说风幡阐静理，[①]梵音缥缈度丛林。

凭栏四望漫哦吟，袅袅烟花倚碧岑。
洞壑风来寒满壁，松杉雨过翠沾襟。
蒲团锻炼超凡骨，贝叶飘摇出世心。
策杖犹饶登眺兴，回头明月挂禅林。

【注释】

①清雍正《安定县志》"理"作"礼"，此据清道光《安定县志》。

清

李嘉胤　亦作李嘉允，江南泰州（今江苏泰州）人。顺治六年（1649）己丑科进士，顺治七年（1650）任安定知县。官河南归德府同知，贵州黎平府知府。

夜坐写景

李嘉胤

雪意乍临山有骨，风声初泻水无心。
依然故园春前信，只少梅花野外寻。

朱尚义　字质庵，辽阳义州（今辽宁义县）人。贡生，康熙四年（1665）任安定知县。

九日登卢芳山，野菊黄白若锦，改名锦屏[①]

朱尚义

卢芳寨改锦屏山，从此人居黻绣间。
千[②]户楼台增气色，九秋岩岫任跻攀。
黄花北望云多碧，紫塞西来水几湾。
采菊欲同彭泽宰，[③]携壶可许醉仙颜。

【注释】

①清雍正《安定县志》："锦屏山：关城内。九级连云，即凤翼山之岭，上有二郎庙，俗因以名山。野芳春发，佳木夏荫，秋菊更多佳色，至冬雪初霁，则浮光耀金，邑令朱公更其名曰锦屏。锦屏、凤翼本一山，自城关分，而府志以凤翼为主山，则此山宜以锦屏名。"

②清道光《安定县志》"千"作"万"，此据清雍正《安定县志》。

③清道光《安定县志》作"采菊敢希彭泽令"，此据清雍正《安定县志》。

薛廷谟　安定（今子长）人。拔贡，官河南按察使经历。

和《九日登卢芳山，野菊黄白若锦，改名锦屏》
薛廷谟

晚秋着履强登山，翠色恍疑图画间。
雉堞环围依地镇，龙峰层叠引人攀。
纵观芬郁花千树，远览涟漪水几湾。
况对彬彬作赋客，临风把酒醉酡颜。

花石岩①
薛廷谟

丹崖耸出刺云林，谁凿混茫万窍深。
秀丽构成画士手，空灵结就诗人心。
苔生壁面织悬锦，风吼隙中拟弄音。
错落朵纹永不谢，四时宁畏暑寒侵。

【注释】
①花石岩：亦作花石崖。清雍正《安定县志》："县（指今安定镇）东七十里。石山之阿，悬崖耸翠，下接河流，千礐万吼，玲珑工巧，宛若太湖石状。凡景费人力，此则纯乎天工矣。"

刘尔惮　字敬又，中部（今黄陵）人。康熙十八年（1679）
征隐逸，辞不就。参修《延安府志》。

花石峡①

刘尔惮

胜地不炫奇，匿形若韬晦。

纡回盘山前，窈窕连峡内。

树木夏阴阴，云岚昼霭霭。

久历樵径仄，渐觉谷口大。

曲窦邃还通，高岸迥相对。

石上花隆嵸，沙底水潺濑。

苔点崖纹斑，风急波光碎。

鸟声藏林中，药苗萌涧外。

暇常息麋鹿，乱不识旌旆。②

一壑康节窝，半溪子陵濑。

避秦传昔人，逃世高我辈。

往日寄傲远，斯游赏心最。

携壶任栖迟，濯足无拘碍。

况当戈已销，优游此良会。

【注释】

①清道光《安定县志》题作《花石崖即事》。

②清道光《安定县志》作"休息共麋鹿，飞扬远旌旆。"
此据清康熙《延安府志》。

杨　蕴　山东诸城人。顺治十八年（1661）辛丑科进士，康熙八年（1669）任安定知县，后迁中书。

过南家坪
杨　蕴

烟林三月半垂丝，花满青山水满涯。
醉里不知归路晚，一天风雨正催诗。

再过南家坪
杨　蕴

去年此际看桃花，一天风雨催归路。
今岁花开复再来，依稀记得去年句。
去年之句亦已陈，满眼桃花竟时新。
花前不厌几回过，惟惭官吏纷随人。
挥却官吏去岩壑，独立花边赏绰约。
岭上影斜杯罍移，剥啄棋声出山阁。

景廷柱 字础公，安定（今子长）人。约康熙年间
（1662—1722）岁贡。

文笔腾光①
景廷柱

一塔高悬岭上头，谁操银管赴瀛洲。
参天利颖惊风雨，拔地文锋射斗牛。
吟社至今传胜事，②墨池终古付名流。③
登临定有如椽手，郁郁云烟笔下收。④

【注释】

①文笔腾光：清雍正《安定县志》："文笔山：关城内。
西连锦屏，上建文昌阁，一塔矗山巅，有探天根、穿月窟之
势，故以文笔名。"清道光《安定县志》："按旧志，文笔山每
见白光腾上，邑人士必有掇科第者。"

②清道光《安定县志》原注："山巅建文昌祠，每岁三月
三日，士人立社吟咏其上。"

③清道光《安定县志》原注："山下出泉，名曰墨池。"

④清雍正《安定县志》亦存作者《文笔春风》一首："万
叠崇山最上头，群英焕发庆瀛洲。参天利颖齐奎璧，拔地文锋
逼斗牛。佳气盘旋凝岭至，和风披拂逐川流。登临便是羲皇
侣，满眼烟霞一笔收。"

向兆麟　字石村，湖广京山（今湖北京山）人。举人，约康熙五十年（1710）任洛川知县、署理安定县事。

自蟠龙抵小刘家坪宿
向兆麟

一水绕蟠龙，千山翠霭重。
人随黄叶渡，僧自白云逢。
猿鹤嘲遥客，风尘愧老农。
荆扉投宿晚，烟际隐疏钟。

李宗白　字仙裔，安定（今子长）人。约康熙年间（1662—1722）岁贡。著《近花亭诗稿》。

登仙人台
李宗白

醉里闲游玩物华，仙人石上日将斜。
两川风浪流千派，一郡炊烟聚万家。
楼阁崔巍悬绝壁，松槐蓊蔚挂残霞。
兴来更向群仙问，愿赏桃源洞口花。

吴 瑞　江南南陵（今安徽南陵）人。雍正三年（1725）
任延安知府，雍正七年（1729）补礼部仪制司员外。

安定花石岩
吴 瑞

古汾城外石嵯峨，灵秀凭谁巧琢磨。
奇特生情连峭壁，玲珑有韵接长河。
太湖峰肖兴思远，古佛形成触目多。
道路崎岖无限意，却教开爽向山阿。

傅德谦　字问樵，直隶临榆（今河北秦皇岛）人。举人，
道光二十年（1840）任安定知县。

游万佛洞四首
傅德谦

天根地脉妙无端，谁凿高山作洞宽。
佛自西来钦骨重，教行北塞畏神寒。
同堂宛似群仙会，列座分为万象看。
大造之功非匠巧，盘娲以后属奇观。

从来三教一般传，清净超凡定属禅。
石窍有灵皆是佛，官衙虽静不成仙。

东山化雨流今古，北海慈云荫十千。
自愧痴儒无法术，愿参罗汉问生前。

扶轮磅礴结群生，突起高冈秀水环。
福地钟灵龙入脉，禅宫镇穴佛开颜。
神功铸鼎成斯象，愚庶焚香会此间。
法雨慈云非幻景，沐恩千井共登攀。

佛心一点济群生，万善同归道更宏。
开辟奇功唐代造，镌摹法像鲁人成。
一卷石室呈珠海，百链金身化玉精。
默佑斯民安且定，慈悲终古在多情。

安定秋咏

傅德谦

乌延绝塞古丹头，烟草茫茫落叶秋。
路转峰迴通朔漠，风飘雪舞拥边楼。
城随山势高低筑，石咽河声断续流。
闲访遗踪思范老，胸中兵甲树勋猷。

姚国龄　字寿农，广东番禺人。道光二十五年（1845）任安定知县。修《安定县志》。

安定八景诗①

姚国龄

凤岭朝霞②

霞光千岭灿，凤采九苞明。
朝阳上梧桐，如闻雍喈声。

龙山夕照③

飞龙逐火轮，直至崦嵫奥。
参军恣奇观，非风亦落帽。

花崖秀特④

万花争鲜妍，一石擅皱秀。
长寿兼繁华，莫问春秋候。

石室庄严⑤

佛昔度迦叶，三宿石室中。
煜灼非事火，天人来层空。

文笔腾光

遥望文笔山，吐气如飞白。
吉语尔邦人，彤庭谨射策。

锦屏叠雪⑥

雪花寒洒白，山意静忘青。
如遇波斯贾，新铸琉璃屏。

西池晚烟⑦

麻池多植柳，摇曳发烟光。
农人相告言，当求万斯仓。

北河晓月⑧

平波光滑笏，向曙光温月。
鸡声茅店长，脂车客将发。

【注释】

①题目为编者所加。

②凤岭朝霞：清道光《安定县志》："按府志，城内凤翼山，朝旭迎晖，云霞缭绕。一作屯霞。"

③龙山夕照：清道光《安定县志》："按采访册，蟠龙山势蜿蜒，树木荫翳，夕景尤佳"。"

④花崖秀特：清道光《安定县志》："按府志，城东七十里，石崖悬空，玲珑如花。一作耸秀。"

⑤石室庄严：清道光《安定县志》："按旧志，石宫寺在钟山下，凿石为宫，镂诸佛像。"

⑥锦屏叠雪：清道光《安定县志》："按旧志，锦屏山状如列屏，最宜望雪。"

⑦西池晚烟：清道光《安定县志》："按旧志，西麻池峭

壁枕流，上有台榭址，雨前烟气往来，农人常占验焉。"

⑧北河晓月：清道光《安定县志》："按采访册，县城北门外，众水汇流，为清涧、定边、靖边往来通衢，有芦沟胜致。"

米毓璋　字楚山，陕西蒲城人。举人，道光二十五（1845）年任安定训导。协修《安定县志》。

秋日游石宫寺二首
米毓璋

谁凿琳宫石壁开，庄严宝相现如来。
钟山北望思飞锡，辱水东流想渡杯。
万象瞿坛罗鹫岭，千年梵呗听蜂台。
黄花洞口云深锁，踏屐寻秋上绿苔。

普度须参最上乘，三千世界此传灯。
道衷至圣原无佛，仁育群黎自有僧。
舍利塔悬斜日照，陀罗峰竖塞云蒸。
闲来访遍诸名胜，是处清幽得未曾。

周荣昌　江苏阳湖（今江苏常州市武进区）人。道光十七年（1837）任安定典史。

游石宫寺步米楚山先生韵
周荣昌

峭壁千寻石洞开，镌成万佛拥如来。
须弥地辟堪传钵，信渡桥城不泛杯。
法演三车翻贝叶，花拈五色涌莲台。
当年胜境今犹在，古刹萧条满碧苔。

参得元门第一乘，长明不昧拨心灯。
民和岁稔惟求佛，煮茗谈禅且访僧。
雨散天花飞片片，云封慈竹郁蒸蒸。
倦游莫道闲曹懒，问有闲时又几曾？

姚国源　广东人。余不详。

登安定城晚眺
姚国源

落日下遥峰，山城暮霭重。
东林藏古寺，楼废不闻钟。

阎秉均　肤施（今宝塔区）人。约道光年间（1821—1850）贡生。

安定八景^①

阎秉均

凤岭朝霞

峰挟飞来势，因传凤岭名。

翻身翔万仞，展翼抱重城。

奇采交相映，高冈宛若鸣。

丹山何处是，此地瑞云呈。

龙山夕照

落日潘林道，晴烘一抹浓。

朝阳明彩凤，夕照射蟠龙。

北顾红山远，东来紫气重。

何当霖雨润，缥缈望云从。

花崖秀特

花崖开胜境，叠石耸奇峰。

绿水涵光净，^②青山滴翠浓。

桃源红雨散，莲寺白云封。^③

此地多灵异，天将秀气钟。

石室庄严

石室何年凿，庄严宝相崇。
五丁开法界，万像夺天工。
梵宇慈云护，昙花慧日融。
楼空题句在，如见兜罗宫。

文笔腾光

绝磴传神笔，霞光炫赤城。
一枝悬正直，五色表文明。
写出云烟状，挥来风雨声。
祥辉腾万丈，雁塔兆题名。

锦屏叠雪

六出兆年丰，寒山瑞霭笼。
天开花世界，雪障锦屏风。
不藉春光染，偏宜月色融。
谁呵文笔冻，④八面写玲珑。

西池晚烟

西有麻池坳，占霖验晚烟。
欲来明日雨，先锁夕阳天。
迷草浓还淡，随波断复连。
东皋回首望，余兴亦陶然。

北河晓月

河势环城北，溶溶晓月临。

鸡声开旅店，人影出疏林。

波泻水轮淡，楼高曙色侵。

芦沟怀胜致，清景可容寻。

【注释】

①题目为编者所加。

②作者自注："下接河流。"

③作者自注："崖多佛像。"

④作者自注"东连文笔山。"

王　憬　安定（今子长）人。约道光年间（1821—1850）县学廪生。

文笔腾光次景础公韵

王　憬

直立笔峰最上头，一枝秀发冠瀛洲。

光腾万丈连奎璧，力扫千军撼斗牛。

钟毓聿瞻新气象，人文允继旧风流。

如锥脱颖多名士，不羡江郎五色收。

现　代

钱来苏（1884—1968）　浙江杭县人。曾任陕甘宁边区政府参议，中央文史馆馆员。出版有《孤愤草初喜集合稿》。

题谢子长烈士墓表

钱来苏

挥戈除暴政，烈士人中豪。
胸蕴马恩论，肘悬龙虎韬。
土地翻新制，人民思旧劳。
植兹千年柏，青青永不凋。

边区首创者，勋绩述当年。
初建劳农策，平分土地权。
三军挥赤帜，万众戴青天。
今日瞻华表，英雄惜入眠。

1945 年

铁边宁塞　洛水之源

吴起县

　　吴起县位于陕西省西北部，延安市西北部。相传魏国大将吴起在此驻守而得名。春秋为白狄所居。战国先属魏后入秦。秦为北地郡、上郡地域。西汉设归德县。三国至十六国，为匈奴羌族之游牧区及北方民族统治区。隋唐置洛源县。宋初属西夏洪州，元符二年（1099）筑定边城，后改定边军。明建宁塞堡、把都河堡。清初宁塞堡划归靖边县。1934年属赤安县。1937年为定边、靖边、志丹和甘肃安化县分辖，1942年陕甘宁边区政府置吴旗县。2005年更名吴起县。全县地貌复杂，属高原梁状丘陵沟壑区，源自白于山区的几道河流，在县城汇聚后始称洛河。地界陕甘宁三省边际，昔为边陲要地，遗存有魏、秦和明长城、铁边城遗址，定边城、宁塞城、白豹城、走马城、田百户城、琵琶城、五谷城等众多堡寨，具有历史意义和观赏价值。吴起县是中央红军长征胜利落脚点，张湾子毛主席旧居、"切尾巴"战役遗址彪炳史册，纪念性主题公园中央红军长征胜利纪念园气势宏伟。1998 年吴起县在全国率先实施封山禁牧和退耕还林，成为全国退耕还林第一县。

宋

　　刘　敞（1019—1068）　字原父（甫），临江新喻荻斜（今属江西樟树）人。庆历六年（1046）进士，官至集贤院学士。有《公是集》等传世。

捷　诗
刘　敞

捷报苍龙阙，书从白豹城。①
关河开地利，雷雨肃天兵。
气摄千山动，威加万里平。
献俘多宝玉，效首悉长鲸。
社稷灵何远，岩廊策自精。
余妖暂泡沫，壮士待龚行。
天马来西域，貂裘实上京。
遥知舞干羽，冠剑贺公卿。

【注释】
　　①作者自注："贼中城名，大军所至。"白豹城：在今吴起县白豹镇。康定元年（1040），作者为宋将任福攻取西夏所占大顺城、白豹城所作。

明

马中锡（1446—1512）　字天禄，号东田，祖籍大都，北直隶故城（今河北故城）人。成化十一年（1475）乙未科进士，官陕西督学副使，右都御史。有《东田文集》传世。

把都河堡①

马中锡

行台无事户多封，睡起支颐百念慵。
风柳似为浑脱舞，雨花常带别离容。
城围白屋高低住，帘卷青山远近重。
日暮诗成吟未稳，一声忽送戍楼钟。

【注释】

①把都河堡：《吴旗县志》："即今旧城子，遗址在周湾镇徐台子行政村南山，距县城 45 公里。《通志》载：'宋夏州地，明成化十一年（1475）陕西巡抚余子俊创置把都河堡。城周三里一百八十步，高三丈五尺，楼铺十一座。隆庆六年（1572）加高，万历六年（1578）砖砌牌墙垛口，是年，裁并宁塞堡'，现遗址尚存断墙残垣，城内住一户人家。"把都河，红柳河上游的历史称谓。

李梦阳（1473—1530）　陕西庆阳（今属甘肃）人。弘治六年（1493）癸丑科进士，官户部郎中，江西提学副使。有《空同集》传世。

秋　怀（六首选二）

李梦阳

庆阳亦是先王地，城对东山不窋坟。
白豹寨头惟皎月，野狐川北尽黄云。
天清障塞收禾黍，日落溪山散马群。
回首可怜鼙鼓急，几时重起郭将军。

曾为转饷趋榆塞，尚忆悲秋泪满衣。
沙白冻霜月皎皎，城孤哀笛雁飞飞。
运筹前后无功伐，推毂分明有是非。
西国壮丁输挽尽，近边烟火至今稀。

刘应时（1522—1575）　字子易，号中斋，山西洪洞人。嘉靖二十六年（1547）丁未科进士，官靖边西路兵备道。

宁塞山行即事

刘应时

山径盘云水隐沙，土门遥见野人家。
耳闻鸡唱星全曙，眼望炊烟日已斜。

地接穷边无寸草，天临绝域有残霞。

班生此际情何限，牛斗新横泛海槎。

清

王际有　字书年，江南丹徒（今江苏丹徒）人。顺治四年
（1647）丁亥科进士，康熙十五年（1676）任延安府综理延绥
镇饷务西路兵备道管粮同知。

宁　塞①

王际有

城闉面面向山开，形胜崔巍亦壮哉。

马怯危冈疑路断，人过峻岭自天来。

龙沙原是防秋地，虎帐应多射石才。

晴日午峰堪指点，凭高遥望赫连台。

【注释】

①宁塞：清咸丰《保安县志》："兀剌城，在（保安）县
北一百八十里。明正统三年（1438），都指挥曹胜重修，改为
宁塞城，设立官军备御"。康熙《延绥镇志》载，明成化十一
年（1475）置堡，城系极冲中地。

郭允升 字于大，陕西靖边人。康熙十七年（1678）岁贡，官训导。

把都河道中
郭允升

长城关外暮飞云，萧瑟秋风雁几群。
戍士牧儿频顾问，只今谁是李将军。

落日平沙接大荒，萧萧衰草藉河湟。
受降城在今何处，此地空题古战场。

张　伟 江南武进（今江苏常州市武进区）人。武举，康熙二十五年（1686）任延安知府。

途次宁塞道中
张　伟

白草黄沙塞上秋，风声云影动边愁。
孤城遥望无人迹，片隼高飞过雉楼。

苏大显　陕西定边人。廪生。

琵琶城①怀古

苏大显

空余鹰齿啄山城，状若琵琶千载名。

指顾将军桐柱在，②低徊姊妹铁鞭横。③

秋风天外征鸿响，暮雨河边牧马鸣。④

记得胜蛮曾一曲，当年韩范战功成。⑤

【注释】

①琵琶城：在今王洼子乡狼儿沟村，即宋通化堡。

②作者自注："将军山在琵琶城北。"

③作者自注："铁鞭城、田百户城与琵琶城为鼎足之势，昔胡女姊妹三人分据之，交相接应。"

④作者自注："暮雨城傍河，在琵琶城北。"

⑤作者自注："胡女三人后为宋范文正公、韩魏公所灭。"

李嘉绩（1844—1908）　字云生，号潞河渔者，原籍直隶通州，成都人。监生，光绪十六年（1890）二月到光绪十七年（1891）八月署保安知县。著有《榆塞纪行录》《代耕堂杂著》《代耕堂诗稿》等。

杂感八首① （选一）

李嘉绩

北门锁钥界边疆，西塞氛埃逼庆阳。

百里风高沙蔽日，万山春尽月横霜。

何人作俑征全赋，几度颁条撤重防。

唯愿太平无一事，蒲桃酒熟醉他乡。

【注释】

①清代吴起部分地区属于保安县境，作者感事组诗中，本诗贴近今吴起县情景，故置此。

客有自西北来者话边事有感四首 （选二）

李嘉绩

逢君为我话边关，十丈尘沙睥睨间。

洛水南来都有路，吴旗①西上更无山。

近容回鹘携戈至，时见惊鸿折翅还。

莽莽孤城悬一角，何人垂手救恫瘝？

守将营边竟越人，濂濂雨雪叹劳薪。

途逢裾帜仍书楚，地说空同不属秦。

百二雄关双驻目，十千美酒一沾唇。

密州诗句今重验，老守时遭醉尉瞋。

【注释】

①作者自注："吴旗镇，在县西北二百里，定边、靖边、保安、安化四县接壤要隘。"

现　代

毛泽东（1893—1976）　湖南湘潭人。曾任中华苏维埃共和国中央执行委员会主席，中共中央政治局主席、中央书记处主席，中共中央委员会主席。出版有《毛泽东诗词选》。本书诗录自人民文学出版社 1986 年《毛泽东诗词选》。

六言诗·给彭德怀同志

毛泽东

山高路远坑深，大军纵横驰奔。
谁敢横刀立马？唯我彭大将军！

1935 年 10 月

林伯渠（1886—1960）　原名林祖涵，湖南临澧人。曾任陕甘宁边区政府主席，全国人大常务委员会副委员长。出版有《林伯渠同志诗选》等。本书诗录自中国青年出版社 1980 年《林伯渠同志诗选》。

初抵吴起镇

林伯渠

一年胜利达吴起，陕北风光慰所思。
大好河山耐实践，不倦鞍马证心期。
坚持遵义无穷力，鼓励同仁绝妙诗。
迈步前进爱日永，阳关坦荡已无歧。

1935 年 10 月

谢觉哉（1884—1971）　湖南宁乡人。曾任中华苏维埃共和国临时中央政府内务部长，陕甘宁边区参议会副议长，最高人民法院院长。出版有《谢觉哉文集》。

宿吴起镇荞麦地[①]

谢觉哉

露天麦地[②]覆棉裳，铁杖为桩系马缰。
稳睡恰如春夜暖，"天明始觉满身霜"。

1945 年 3 月 10 日

【注释】

①作者在日记中载："读《板桥集》，《行路难》有'天明始觉满身霜'句。一九三五年十一月初到边区边境吴起镇，那晚睡在荞麦地，很舒服，天明见霜满身，补咏云。"

②地：人民出版社 1984 年《谢觉哉日记》作"土"。此据中国青年出版社 1979 年《十老诗选》。

丹霞边寨　红都保安

志丹县

　　志丹县位于陕西省北部，延安市西北部。春秋属白狄地。秦汉由北地郡、上郡分治。东汉末至西晋属匈奴、羌胡地。隋属延州。唐属永安、金明、敷政等县，设永康镇。宋太平兴国二年（977）置保安军。金置保安州。元设保安县，明、清、民国沿旧制。1936年命名志丹县。以洛河、周河、杏子河三大水系网形成三个自然区域，称西川、中川、东川，境内沟壑纵横，梁峁密布，山高坡陡。"山保安、牛羊山"，牧业发达。丹霞地貌分布广泛，自然景观壮美，边塞风情浓郁，人文景观独特，红色印记深刻。洛河峡谷，河道蜿蜒，沿岸风光峻秀。汉攻匈奴，宋拒西夏，明防套人，清遭兵乱，战事频仍，保留秦直道、栲栳城、永宁寨、旦八寨、金鼎寨及象咀山崖窑等历史遗迹多处。曾是中共中央、中华苏维埃政府和中央军委所在地，是陕北革命根据地的重要组成部分，是中共继江西瑞金之后确定的临时首都之一，保安革命旧址、刘志丹烈士陵园、红军大学旧址是全国重点文物保护单位和全国重点烈士纪念建筑物保护单位，九吾山道教泥人真身坐化像被誉为"陕西无双、全国罕见"。清康熙《延安府志》载保安四景，即关山雾雨、西阳晚照、响崖应声、石井有水。

明

费自振　甘肃人。延安府同知。

奉委查验保安触目兴叹
费自振

百叠荒山始一村，村中破屋昼关门。
丈夫越境办徭赋，儿女沿沟觅草根。
凄凄朔风吹塞草，萧萧槐影伴黄昏。
自恨补救无长策，极目苍苍欲断魂。①

【注释】

①清咸丰《保安县志》作："百叠荒山始一村，村中破屋半无门。丈夫越境供徭役，儿女沿沟觅草根。凛凛朔风吹白日，潇潇秋雨暗黄昏。自怜补救无长策，极目苍凉欲断魂。"此据清顺治《保安县志》。

清

刘善庆　保安（今志丹）人。贡生，未仕。

村屯荒芜

刘善庆

寒烟冷灶好凄凉，无处无人不断肠。
满眼蓬蒿谁是主，几湾禾黍尽成荒。
山河草木无羊马，蹊径踪迹有虎狼。
自揣心头几许肉，总然难治眼前疮。

太白山①

刘善庆

绿柏红桃相间栽，苍茫山谷武陵隈。
峰峦十里四时合，花木千层二月开。
无照凡尘飞阆苑，有情春色上楼台。
天门几道风开闭，满地白云扫不来。

【注释】
①太白山：清顺治《保安县志》载，太白山在县城西南，隔周河与城相望，上有太白庙。

和致祥　陕西蒲城人。举人，顺治中任保安教谕。

太白山
和致祥

巍巍太白入云深，此日登临倍恻心。
北望市廛尽满壁，南通平野半荒林。
数家烟火傍山起，一片风沙接地阴。
闻道当时歌舞日，几回凭览何从寻。[①]

【注释】

①清咸丰《保安县志》"尽满壁"作"余断壁"，"闻道当时歌舞日，几回凭览何从寻。"作"闻道当时台榭盛，祗今遗迹查难寻。"此据清顺治《保安县志》。

宿铜佛殿[①]
和致祥

荒寺无人境，凉风时过躬。
僧穷香火寂，树古叶枝空。
莲宓犬声远，经残案土丛。
暂来一歇足，有似在洪蒙。[②]

【注释】

①铜佛殿：清光绪《保安县志略》："县南门外天寿寺，诸佛之法苑也。明洪武五年敕建，永乐以后相继增修。国朝顺

治、康熙、乾隆间俱重修之。寺东为铜佛殿三座，铜佛像二十又七尊。"

②清咸丰《保安县志》作："荒寺无人境，凉风暗暗侵。僧穷寒彻骨，树老半空心。那有经翻贝，徒传佛布金。山深钟鼓寂，永夜更沉沉。"此据清顺治《保安县志》。

袁　英　浙江新城（今浙江杭州市富阳区新登）人。顺治六年（1649）己丑科进士，七年（1650）任保安知县，后升青州府同知。

阿姑泉①
袁　英

阿姑出处亦奇哉，尽道仙胎钟玉台。
石翠拱碧妆古貌，泉甘流涌湿苍苔。
祷祈立应蠡斯愿，香火于今蜂聚来。
更有鼓吹喧绿墅，登临愧乏大夫才。②

【注释】

①阿姑泉：清顺治《保安县志》："在县北。本县人何氏适归时，化而为神。崖下有清泉，凡祈嗣者饮泉水有祈即应，名为阿姑泉。"

②清咸丰《保安县志》作："阿姑出处亦奇哉，尽道钟灵在上台。岂是望夫空化石，不教思子独登台。郊禖曾启蠡斯化，野祭今看蜂聚来。喷玉跳珠泉不竭，一瓢饮此记初胎。"此据清顺治《保安县志》。

　　吴　瑞　江南南陵（今安徽南陵）人。雍正三年（1725）
任延安知府，雍正七年（1729）补礼部仪制司员外。

保安阿姑泉
吴　瑞

　　朱幡此日憩山城，岩下深泉旧有名。
　　祈祷竞传灵潭异，千年犹见一池清。
　　居民蕃衍衔神德，造化新奇注女英。
　　问俗永康①欣览胜，②阿姑遗事记王程。

【注释】

　　①永康：唐贞元年间（785—805）今志丹县设永康镇。
　　②览胜：清咸丰《保安县志》作"揽胜"。

　　彭瑞麟　四川宜宾人。咸丰六年（1856）任保安知县。修
《保安县志》。

保安四时诗
彭瑞麟

　　炊烟卓午日初斜，比户寥寥数十家。
　　每上女墙高处望，春城不见一枝花。

　　宦游踪迹总他乡，万叠顽山接大荒。
　　最是夏来风景好，炎天无处不清凉。

秋风起处怯衣单，八月霜飞便苦寒。
说道此身须保重，朝来努力要加餐。

斗大孤城雪与风，御寒全仗酒兵攻。
垂帘只有围炉好，哪管萧然四壁空。

武东旭　陕西富平人。优贡，道光二十四（1844）年任保安训导。参纂咸丰《保安县志》。

山城四时诗

武东旭

九十韶光好冶游，春衣无奈尚重裘。
柳非容易开青眼，韭是终难陷白头。
欲觅花香空蹑履，思闻鸟语枉登楼。
风沙每日寻常事，只有醇醪可破愁。

山中夏日好风光，火伞凌空亦不妨。
款客何愁人带热，当窗讵束草迎凉。
虽无竹簟眠能稳，即少荷筒饮自香。
唯有痴蝇挥不尽，腥膻易惹是牛羊。①

秋色初来便不同，时当八月已冬烘。
黄云遍地禾将熟，白露为霜野忽空。②

塞上平沙栖冷雁，阶前衰草集鸣虫。

穷山兼又逢萧瑟，一片荒凉在目中。

一夜风号大雪飘，寒能彻骨太无聊。

马通生焰难伸蠖，③狐腋无功况敝貂。

倔强中书资火砚，穷愁下走渡冰桥。

三冬莫谓功堪用，只好围炉话寂寥。

【注释】

①作者自注："山中多畜牛羊，故苍蝇甚夥。"

②作者自注："山中谓白露为短节，一遇北风，次早霜禾，皆受冻不熟。"

③作者自注："马通，马矢也。山中以牛马粪烧炕。"

李嘉绩（1844—1908）　字云生，号潞河渔者，原籍直隶通州，成都人。监生，光绪十六年（1890）二月到光绪十七年（1891）八月署保安知县。著有《榆塞纪行录》《代耕堂杂著》《代耕堂诗稿》等。

冬夜四首（选二）

李嘉绩

客里衣裳取次添，万山寒送朔风严。

诗经哭友愁拈笔，月不当秋懒挂帘。

有用驹光判自掷，无凭鹊语问谁占？

边城匝月家书绝，知滞邮程第几签？

四面峰围斗大州，溪声入夜逼人流。
十年事动天涯感，万里诗吟塞上游。
蜡不禁风堆案泪，乌因啼月傍城愁。
远怀一片房山水，归梦难凭访故邱。

游金鼎山^① 二十四韵

李嘉绩

城西北百二十里，洛水如带，四围环绕，一峰中立，
若弁顶然

晓循西北行，迤逦山万叠。
烟霭递明没，峰峦立妥帖。
屈盘百余里，危栈度疲苶。
迟回两日程，路尽忽出峡。
郁郁金鼎山，山形据崷崒。
高标插霄汉，乍望不可蹑。
楼台起千尺，钟鼓振一霎。
拾级寻招提，到门足力乏。
俯观日中市，马鸣风猎猎。
穷乡忍权税，宁使漏县牒。
孰求龙断登，但见鸡黍接。
我来修禊后，幽赏心暂惬。
清洛绕回环，居人竞徒涉。

如何昧绝乱，欲渡无舟楫。
太息廿年前，虫沙洗浩劫。
孑遗安能营，远近失所业。
愁看岸上骨，抔土欲封鬣。
良辰生惨凄，入听僧说法。
佛前领贩稗，寒暑一襟褛。
中宵卧弥冷，孤枕梦魂慑。
天明日东升，出户展眉睫。
脱粟炊可饭，冽泉粥堪呷。
欲去重振衣，飞仙会相狭。
兴发或再游，拈毫咏秋叶。

【注释】

①金鼎山：清顺治《保安县志》："在县治西一百二十里。洛水中央，四面无依，兀然孤起。"清光绪《保安县志略》："孤峰时起，梵宇层列，上祀元帝，建自宋时。明万历六年，居民依险为砦，缮治垣墉，以避套虏，并移塔儿坡集场于此，至二十五年功始竣。"

登西城望周水①

李嘉绩

荒城极目雾冥冥，何处长亭与短亭。
野草尚连边路白，好山不到塞门青。
残旗影乱依墙出，画角声遥隔水听。
入洛波涛源具在，阙文谁更补桑经。②

【注释】

①周水：即周河，源于靖边县白于山南麓，流经志丹县城，在永宁镇川口入洛河。

②作者自注："郦注篇缺，赵注尚有应校者。难哉！"

梓栳城①

李嘉绩

山有梓栳谷，地有梓栳城。
绵延数里间，城以谷为名。
有唐咸亨中，曾驻七校营。
一朝国是蹶，西寇纷纵横。
范老复守御，胸中有甲兵。
前后百余载，不闻风鹤声。
至今山泽士，故迹征史评。
九边成一家，已息中外争。
谷存草木长，城废禾麻平。
剑刀易牛犊，处处逢催耕。

【注释】

①梓栳城：清康熙《延安府志》："以县界梓栳谷而名。唐咸亨间驻禁军于此，宋设保安军。"新编《志丹县志》："梓栳寨，位于今县城北城隍庙沟山麓至周河东岸。宋仁宗宝元二年（1090）四月修筑，因旁有梓栳谷而名之。"

狄家城^①

李嘉绩

策辔指西南，孤城逼清洛。
四望尽荒草，冥冥日色薄。
不闻高树鸡，但见空仓雀。
攀援人罕到，仄径断岩壑。
桓桓狄武襄，曾此建戎幕。
扼险奋一战，西人尽胆落。
遗迹留在今，野禽噪废郭。
千秋余箭镞，百里静矰缴。
时平慨古人，已往不可作。
风雨入萧飒，谁能马尚跃。

【注释】

①狄家城：今旦八镇南刘家城村，俗称刘城子或城台。清咸丰《保安县志》："在县西南九十里。宋狄青屯兵守此，有遗迹。"北宋天禧四年（1020）初建，名建子城；天圣元年（1023）改名德靖寨。

秋堂杂兴六首（选一）

李嘉绩

历历山当户，荒荒水浇庭。
草痕收野碧，霜气逼空青。

梦远三边戍，书沉几驿亭。

牛羊下来夕，哀角不堪听。

过鹞子川宿白沙川作①
李嘉绩

处处轻烟处处云，两山高峙昼常昏。

叶黄乱夺斜阳色，水绿争淘藓石痕。

自拨荒榛登野寺，谁寻劫火问孤村。

白沙川上萧条宿，试醉田家老瓦盆。

【注释】

①鹞子川：明弘治《延安府志》："在城西南八十里。"川
有村名白沙川，明清时期关中至保安必经之路。

柏叶沟道中①
李嘉绩

到处逢村问路行，千岩万壑不知名。

年深古树盘崖出，涨后丛芦卧地生。

儋石有储占岁事，柴门无扰见民情。

山花乱学东篱菊，似为秋来办送迎。

【注释】

①柏叶沟：旦八镇南2千米、狄家城北2千米处，金鼎山
至狄家城必经之路。

军城二首 (选一)①

李嘉绩

宋代军城古，萧萧见棘薪。

千山几亩地，百里一家人。

稷麦伤穷乏，牛羊病苦辛。

花门仇未解，为尔慑西邻。

【注释】

　　①军城：保安军城，即今县城。宋太平兴国二年（977）构筑，历代屡有修葺。

客有自西北来者话边事有感四首 (选二)

李嘉绩

萧萧城郭陊金汤，几户凋残大道旁。

百驮行囊通稗贩，万山衰草放牛羊。

分金尽付无何有，擐甲都成替戾冈。

太息北门诸锁钥，几人葵藿解倾阳。

地连合水界东西，蜀寇亡家到处栖。

取货山中身有马，杀人刀下命如鸡。

谁从旷野抉兵出？尽许顽云压户低。

莫怪书生太无赖，只余双泪向群黎。

军行二首

李嘉绩

群峰高耸列峥嵘，百折巉岩取次行。
压塞黄云山塔寺，迷川白雪土门城。
弯弓射倦雕边客，画角吹寒马上兵。
谁信将军能斩寇，逊它长剑一书生。

洛河南下忽闻歌，水带冰流阻去波。
客路风霜行辔少，营门尊酒述功多。
蓉腾幕外驱狐兔，谈笑军前敛鹡鹅。
天上已红三丈日，醒来犹问夜如何。

石空寺①

李嘉绩

午发洛水壖，暮行刘城侧。
言访石空寺，问人人不识。
遍寻丛莽间，其迹久乃得。
水涯一段崖，崖下沙几尺。
两砫尚支撑，入门作匍匐。
黝然物不睹，取火自折埋。
三面佛巍峨，莓苔古斑蚀。
中间空一窦，探视穷其极。
突奥更宽广，伽蓝尽雕饰。

各存造像②记，大概金源刻。
是为海陵王，年并纪天德。
手拓十余幅，藏以补金石。
惜哉七百载，地处北山北。
好古不得游，徒费当时力。
我今履险至，不畏狼虎逼。
穷乡无可名，持此足傲客。
仆夫催归程，黯黯日已夕。

【注释】

　①石空寺：清光绪《保安县志略》："在县西南一百八十里刘家城，滨洛。刘家城，宋德靖塞地也。山下凿石为寺，内分两层，层各三门。"

　②像：清光绪《保安县志略》作"象"。

石空寺①

李嘉绩

永康志乘轶，昧昧征无文。
石空有二寺，今日吾始闻。
寺临大道旁，曩昔寇至焚。
惟余石壁留，古佛垂清芬。
渺年著宋代，斯地时称军。
元昊屡来逼，干戈日纷纷。
伊谁闲凿山，活脱专运斤。
既不镌名氏，亦不书功勋。

阅历数百载，苍苔黏氤氲。
去年游在西，西寺开洛濆。
其地颇低黯，野多鹿豕群。
今年游在东，东寺迎朝曛。
其地出高旷，俯观耕与耘。
并为前代迹，何忍轻浮云？
记载补其亡，一编传榆枌。
煌煌两寺存，展卷乐我员。
归言寓意斋，考证当欣欣。
写此石空灵，书之白练裙。

【注释】

①作者自注："前赋石空寺为洛上之西石空寺，此为东石空寺。"清咸丰《保安县志》："在县东八十里。"

题村壁

李嘉绩

军城历历剩荒屯，驿路鞭挥郭北门。
红日独饶冰上雪，白云时恋树边村。
老犹登陇驱羊犬，乱只留坟断子孙。
题壁怅吟诗一首，几多边事共谁论？

园林驿①

李嘉绩

杏河东下水连冰，市井凋残感乍增。
枯树犹排川上下，废楼独峙雪崚嶒。
千山路阻无行马，万里云寒有放鹰。
二十五年兵甲后，尚闻父老话冯陵。

【注释】

①园林驿：明弘治《延安府志》："在城东九十里，成化间知府罗谕奏设。"清嘉庆《延安府志》："园林砦故城，在县北五十里。"

侯昌铭　字箴青，湖南永定(今湖南张家界)人。光绪十一年(1885)举人，官内阁侍读，中书舍人。光绪二十三年(1897)至保安。修《保安县志略》。

秋游保安诸山塞

侯昌铭

襆被轻装结伴游，马蹄踏遍万山秋。
风高落日牛羊壮，霜压寒云虎豹遒。
涧果岩花初见熟，黄粱黑黍半成收。
寺僧不管前朝事，一任青苔满佛头。①

野老殷勤劝客杯，乱离喜见古人回。
何年战骨埋荒草，几处遗民话劫灰。
缘岭残墩盘嵝崄，②倚天怪石结楼台。③
空余沮洛无情水，曾渡赫连万马来。

宿麦须占隔岁丰，归途喜趁雨濛濛。
泉声带石流柑翠，④云气穿林走玉虹。
净洗征尘消酒债，细搜驿记付诗筒。
阿连寿我维摩画，画尽秋山入座中。

【注释】

①作者自注："石空寺久为落淤，诸佛均灭顶。"

②作者自注："十八峁梁有大墩，相传为宋元时走长岭故道，峁左右多城砦遗址。土人呼山梁曰峁，山缺处曰嵝崄。"

③作者自注："永宁塞为古石楼台山。"清顺治《保安县志》："石楼台，在县治七十里。洛水之隈，奇峰突兀。有对云：'高为天一柱，秀作海三峰'。"

④作者自注："老君庙河岩上有'柑翠'二字，相传石崩露出，字画天然。"

九日登保安太白山

侯昌铭

武功太白西极天，云气直与九吾连。①
九吾山灵幻狂怪，飞堕奇峰落眼前。
眼见突兀露西郭，群山罗列如豆笾。

九秋风物足眺望，登高载酒追前贤。
八九宾朋藉草坐，三五儿童相喧阗。
绝顶犹有古神迹，蒿莱不蔚荒羊绵。
琳宫剥落长庚字，残钟蠹蚀万历年。
坐客为言太平日，丹青窈窕森几筵。
旁有海眼深莫测，直下疑通蛟龙渊。②
时沛甘霖救灾旱，黍稷麻麦遍山田。
自遭寇乱弥年载，原野萧条断人烟。
岩倾川坼山破碎，纵有神灵难瓦全。
方今四塞销烽燧，鸡犬亦做白日仙。
月前我著游山屐，西穷洛源渡铁鞭。③
南上石楼探崚嶒，北窥宁塞得平川。
所见民物渐复旧，比户差足褐与饘。
清雕不换碧山色，④太白元气犹苍然。
幸取斗酒相沃酬，招呼老杜与青莲。⑤
此去高天不三百，定有诗龙酒虎左右来联翩。

【注释】

①作者自注："九吾山为县西诸山之首。"

②作者自注："庙后有深穴，俗呼海眼。"

③作者自注："洛河至靖边吴旗镇迤西，土人呼为铁鞭城河，与乱石头河交会。"

④作者自注："县河名周水，隋志作雕水。"

⑤作者自注："谭石舟《榆林太白庙》记言：万历年苦旱，有自祈雨太白山，归而雨降，遂为立庙。庙有三神像，其左右列则相传为唐杜少陵、李青莲也。县庙久毁，三神像亦剥落不完。"

游山杂咏

侯昌铭

环保安皆山也。岁丁酉①随侍来此，因修县志，遂遍游诸山，所见岖嵚岿崎，可惊可喜之状，时时以韵语记之。昔人谓少陵发秦州以后，诗突兀宏肆，迥异前作，岂有意换格，以蜀中岩挺特奇崛，少陵能随物肖形耳。兹因捡取二十四首中间用其韵，得五古六章，聊记鸿爪，非敢学杜也。

三台山②用少陵鹿头山韵

三台山在县南川三十里

北岭奔南川，怒若蛟龙渴。
突兀欲趁人，马前双瞳豁。
首途始三台，巉岏苦难越。
拔地鲸鳌动，扪天斗宿阔。
履险梯石磴，窘步不敢发。
绝顶一临眺，盘空蠹神阙。
闻说开山僧，手辟蜀道兀。
功成忽坐化，丹岩委白骨。
噫气还虚牝，葬此风雷窟。
信不昧本真，岂曰非贤达。
钟磬寂无闻，松柏性犹活。
归步青溪上，寒潭印山月。

【注释】

①丁酉：清光绪二十三年，公元 1897 年。

②三台山：清顺治《保安县志》："在县治南四十里。上有三峰，高耸并峙。"清光绪《保安县志略》："三峰如联珠，山麓有石坊石兽，明万历时创建，国朝乾隆时重修；稍上有关帝庙，由庙后梯石磴直上二百余级，度二石阙，乃达山顶。庙地如累棋，旁多石室；东下至中台，有石室三，供诸佛像；左室塑一和尚，袈裟趺坐，盖此庙开山僧也。"

石楼台用少陵剑门韵

石楼台在县南八十里，即永宁寨也

山折水争回，水折山益壮。

奇绝石楼台，百灵皆拱向。

丹砂裹赤城，云霞万千状。

天工斗危险，力大空依傍。

昔岁遭妖氛，西北色楚怆。

当道卧老罴，虏矢不敢放。

居民数百家，鸡犬无一丧。

至今父老谈，听者犹神王。

活我创痍民，大功不禹让。

三川昔流血，阴雨暗群嶂。

北上老崖窑，回首转悲怅。①

【注释】

①作者自注："山北上有老崖窑，亦号险岩。贼湮其汲道，

围困数十日，居民至饮牛马血及人溲溺，死亡略尽，卒为贼有。伤哉！"

千佛洞①用少陵铁堂峡韵

千佛洞在县南白沙川东口

南入白沙川，山水两清绝。
水声争鸣琴，山色战寒铁。
何年凿鸿蒙，划然云根裂。
古佛寂无言，头白太白雪。
别出千手眼，空山证禅悦。②
已过斤竹涧，遑辞屦齿折。
小坐百虑清，风幡自生灭。
爱尔老头陀，不趁人间热。

【注释】

①千佛洞：清光绪《保安县志略》："在县南刘家庄。涧中作石室三，中供千佛，左右有飞阁，下临绝涧……两山壁立，清溪旁绕，群本森合，断绝红尘，亦幽境也。"

②作者自注："洞内有千手眼佛。"

石空寺用少陵青阳峡韵

石空寺在县西刘家城山下滨洛

连朝度穷山，所见无善恶。
西下刘家城，奇峰互攒措。
攀援见石空，翠壁如爪削。
伛偻叩岩扉，纷纷雨花落。

下疑地肺张，①上惊天柱弱。
诸佛随坐卧，劫尘封漠漠。
三尺牧羊儿，忘语开灵岳。②
始信佛力大，翻嗟偌瞻薄。
煮石待嵇康，掬酒寻王廓。
山僧去不还，白云终寂寞。

【注释】

①张：作者自注："去声。"

②作者自注："俗传，有童子牧羊入山，闻石内锤凿声。有人语曰：'山开否?'童子漫应曰：'开'。山石突裂，诸佛毕现，童子喜入其中，坐化石上。今寺门内小石像，云即童子也。"

金鼎山用少陵凤凰台韵

在县西百二十里洛中

洛鼎何年出，突兀涌神州。
白云自离合，山川空悠悠。
俯听濊流决，仰视炉烟浮。
龙蛇各生动，飞仙在上头。①
仗剑时来往，玉鸾鸣啾啾。
蚩尤逞杀气，一炬神鬼愁。
山原悉破碎，缥缈不可求。
吾山乃北峙，沮水自南流。
意欲铲叠嶂，研地歌还休。
繁霜陨四野，蓬麻满道周。
游子惧晨发，寒日翳戍楼。

狼虎尚咆伺，西顾多烦忧。

小丑难翦拔，黄軦生九猷。

幸沽新城酒，竟日为勾留。②

【注释】

①作者自注："上有真武塑像，剑佩庄严。"

②作者自注："有市肆数家，小住二日。"

十八峁梁用少陵木及岭韵

在县西北七十里

暮宿白云河，朝上白云村。

云气漫山谷，势若银涛奔。

北望长城岭，风沙迷天根。

南雁那得度，九吾光魂魂。

上有秦人戍，东西辟横坤。

想当战斗苦，落日阵云昏。

天险不可越，成败安足论。

我来秋八月，萧萧塞雨繁。

高下殊气候，旦夕变寒暄。

差幸腰脚健，匹马出镮辕。

既逾老君峡，言宿保王门。①

喜见原野润，风霆去无痕。

主人勤劝客，床头酒犹存。

回望十八峁，晴翠扑酒尊。

【注释】

①作者自注："是日宿保王沟门。"

吕布窑

侯昌铭

在县东六十里艾蒿岭有烂柯岩，号为龙窝，吕布生此，有窑穴，俗谓之吕布窑

雕窟何年走劫魔，寒窑终古傍层坡。
出山饿虎谁生缚，堕地乖龙布旧窝。[1]
千里荒烟迷塞草，三分残局烂岩柯。
北门往事休重说，落日魂归叫女萝。

【注释】

①作者自注："布，九原人。"

范文正马营

侯昌铭

相传公经略西夏时屯兵处，有东西哨，马营在今县北

战马秋肥塞草平，龙图小范久知名。
长城岭断三千路，[1]老子胸藏十万兵。
云散归娘朝振旅，[2]月明大顺夜团营。[3]
只今故垒萧条外，唯见牛羊一线行。

【注释】

①作者自注："长城岭路，在县北，公开，以通西夏。"

②作者自注："归娘旅，在县北六十里。"
③作者自注："大顺城，在县北，公筑，以防西夏。"

狄家城
侯昌铭

在县西南九十里，相传宋狄青曾屯兵于此，耕者时得古箭镞及铜铁器

连营曾驻武刚车，一片山城号狄家。
好水云飞唯见鸽，①招安日落尚栖鸦。②
短衣百战披铜面，断铁千年露戟牙。
欲向昆仑呼斗酒，女墙红遍野棠花。③

【注释】

①作者自注："好水川，在县西安化界，任福覆车处。"
②作者自注："招安城，狄青伐西夏所筑，在县东安塞界。"
③作者自注："山中多棠杜，霜后红艳如花。"

过宋少保刘延庆墓①
侯昌铭

在县北二里旧栲栳城下

剩水残山少保营，千年白骨碧苔生。
琼林恨断三州别，铁骑悲传五诏兵。
空有灵旗回北漠，更无战鼓助南征。
招魂欲奠江千酒，衰草寒鸦栲栳城。

【注释】

①刘延庆：保安军人，宋代名将，任鄜延路总管、保信军节度使、马军副都指挥使等职。

谒顺惠王李显忠庙①

侯昌铭

在县东北九十里，乱后久圮

古庙苔封径掩蒿，家仇国恨付胥涛。
穷途大胆千夫壮，乱世孤忠两字褒。
石马长嘶鸣咽水，弓衣犹带赫连刀。
北巡久断通天路，野祭何人唱董逃。

【注释】

①李显忠：清涧人，宋将，谥忠襄。清光绪《保安县志略》："顺惠王庙，在县东北九十里，上有灵湫，祈雨获应。明英宗尝梦金甲神护卫，问何人？答曰：'宋大将李显忠也，见居保安。'因敕封顺惠大王，命保安、安塞、安定皆立庙，岁时致祭。"

现　代

毛泽东（1893—1976）　湖南湘潭人。曾任中华苏维埃共和国中央执行委员会主席，中共中央政治局主席、中央书记处主席，中共中央委员会主席。出版有《毛泽东诗词选》。本书诗录自人民文学出版社1986年《毛泽东诗词选》。

临江仙·给丁玲同志

毛泽东

　　壁上红旗飘落照，西风漫卷孤城。保安人物一时新。洞中开宴会，招待出牢人。

　　纤笔一枝谁与似？三千毛瑟精兵。阵图开向陇山东。昨天文小姐，今日武将军。

1936 年

　　续范亭（1893—1947）　山西崞县（今原平）人。曾任晋西北行政公署主任，晋绥军区副司令员。出版有《续范亭文集》。

志丹陵落成移葬典礼祝词

续范亭

　　志丹城内志丹陵，创造边区第一人；
　　不为权门称知己，原来穷汉是乡亲。
　　无产阶级老同志，布尔塞维一英雄；
　　你是中华好儿女，你是黄帝好子孙。
　　有志竟成千古业，丹心一片付工农；
　　多病未能亲执绋，西望云天吊将军。

1943 年

驿道枣花　河曲文华

延川县

　　延川县位于陕西省北部，延安市东北部。春秋由白狄族占据。战国先属魏国后归秦。汉隶属上郡高奴县。义熙三年（407）归大夏国。西魏置文安郡、文安县。隋设延川县。唐先后设安人县、弘风县、延水县等。宋熙宁八年（1075）降延水县为镇并入延川县。元隶属延安路，明、清归延安府辖。属黄土高原丘陵沟壑区，为白于山山脉，梁峁起伏，沟壑纵横。黄河由北向南流经县境东界，黄河旅游资源丰富，雄浑壮阔，浑然天成，乾坤湾黄河峡谷为"黄河蛇曲国家地质公园"。盛产红枣，素有枣乡之称。名胜古迹、人文奇观叹为观止，主要有文安驿古镇、大夏赫连勃勃疑冢、千年古窑、会峰奇寨、清水关古渡等。民众崇尚文化，文艺创作活跃，以路遥为代表的作家艺术家蜚声海内外。清道光《延川县志》载延川八景，即柳院书声、石潭擂鼓、瞿塘晴雪、青平烟雾、谷口流霞、双峰横黛、延关飞渡、铁门天险。

明

曹　琏　字廷器，湖广永兴（今湖南永兴）人。宣德四年
（1429）解元，官陕西按察副使，擢大理少卿参赞延绥军务。

过延川
曹　琏

石涧迢遥会百川，肖□□景落吟边。
花明官道清香远，月上西山皓魄圆。
楼倚城头孤客望，树分岔口数家连。
按巡重过丁秋墓，喜听民歌大有年。

延川道中夜行
曹　琏

时乙卯季冬五日也^①
事为公家急，肩舆促夜行。
月斜山倒影，冰结水无声。
野径凝霜冷，村窑候火明。
吾民从□者，寒冻可怜生。

【注释】
①乙卯季冬五日：天顺三年（1459）十二月五日。

会峰山①口号

佚　名

创立祖师新庙堂，四平巧作成模样。
背山高耸腾霄汉，面水横流入海江。
西观绿崖千尺远，东望黄河万丈宽。
景致古今仍旧在，人生百岁尽皆亡。

会峰高悬半虚空，亘古以来到如今。
三山节连周围耸，二水交接旋绕流。
光阴似箭从西转，日月如梭自东生。
乾坤世界依然在，眼前不见旧时人。

石顶洁静□□□，从新②改修玄帝庙。
南山秀丽朝北倾，西水澄清向东流。
前后小路险比鏊，左右大岳高入云。
道人施□□□□，千年万载留名榜。

【注释】

①会峰山：位于乾坤湾镇，上有会峰寨，存石碑。清顺治县志作"惠峰"。碑文未见撰者，仅志"嘉靖贰拾伍年（1546）拾月壹日建"。

②从新：同重新。原碑上刻文为"从新"。

张　璞　四川人。余不详。

小瞿唐①

张　璞

流沫跳珠落流长，沿绿幽涧压重冈。
雷声不断一川雨，寒色惊飞五月霜。
见说仇池通小有，未应畏垒接瞿唐。
年来自脱风波地，清梦时时到故乡。

劈开翠峡纵长鲸，转石奔雷意未平。
百折难回归海势，千丝争听落洪声。
鹍鹏好击天池翼，象马虚传蜀道名。
我欲携琴清俗耳，肯教流水乱秦筝。

【注释】

①小瞿唐：清道光《延川县志》："在县西五里。南为冈，北为阻，中有石涧甚隘，水流湍急，喷涌如雪，故名。"民国县志称"小瞿塘"。"瞿塘晴雪"为延川八景之一。

白乃建（1616—1673）　字建白、仲立，陕西清涧人。廪生。纂《清涧县志》。

重修北门城楼
白乃建

岩城楼耸倚巑岏，丹膴维新自壮观。
山拥烟光连睥睨，水摇日色上栏杆。
远沙鸿雁惊云起，近郭耕樵隔树看。
公干才高应有赋，肯教王粲擅词坛。

清

张　镴　延川人。顺治十二年（1655）拔贡。

建蒿岔峪① 铺
张　镴

荒村通驿路，古道出山墟。
拮构新官舍，驰驱憩使车。
甘棠昔所咏，广厦此何如。
抚字劳心者，奠安在此间。

【注释】

①蒿岔峪：清顺治《延川县志》："距县六十里"。

马任久　延川人。顺治十八年（1661）恩贡。

营泮池①
马任久

延川循良宰，经营百堵新。
菁莪敷德教，化雨漱芳春。
半璧芹生绿，圜桥鲤跃鳞。
人文沾圣泽，从此启荒屯。

【注释】

①泮池：清顺治《延川县志·学校志》："文庙，旧址在南关街东。宋迁于城内西北隅。""泮池，旧无，知县刘毅于丁酉夏捐俸创营。"

叶映榴（1642—1688）　字炳霞，号苍岩，上海人。顺治十八年（1661）辛丑科进士，官陕西提学，湖广参议道署布政使，谥忠节。有《叶忠节公遗稿》传世。

惜分钗·延川道中所见
叶映榴

邮亭暮，桃门过，马上墙头两惊顾。貌婵娟，态蹁跹，些些脂粉，草草钗钿。偏偏。半面，难重见，懊恼心情添一线。野风凉，野棠香，何时蝶梦，那答花房。双双。

深庭院，重门扇，隔断仙源不相见。恨绵绵，意悬悬，风来何处处，月照谁边？天天。唱了，催行早，马背还疑香梦抱。雨如尘，草如茵，那堪别路，又是残春。人人。

张　伟　江南武进（今江苏常州市武进区）人。武举，康熙二十五年（1686）任延安知府。

延川道中
张　伟

意气从教诗酒倾，经年鞅掌误才情。
道逢延邑佳山水，不觉狂豪故态生。
挥笔自成镌石句，衔杯拟作吸川鲸。
习池潦倒滁亭趣，不负风流太守名。

黄　庭　字蕺山，江南长洲（今江苏苏州）人。康熙二十六年（1687）举人。

延川道中
黄　庭

水似瞿塘险，山如剑阁雄。
奔涛时啮岸，盘磴半临空。
马踏云头上，人行石腹中。
哪知巫峡雨，翻作塞门风。

章永祚　字锡九，号南湖，江南贵池（今安徽池州市贵池区）人。举人，康熙四十九年（1710）任清涧知县，官至工部都水司主事。有《南湖集》传世。

延川摄篆

章永祚

苦被虚名累，邻封辙共攀。
衙当深树里，城出乱峰间。
白翟曾遗种，青眉更有山。
兼官真忝窃，搔首问民艰。

吴　瑞　江南南陵（今安徽南陵）人。雍正三年（1725）任延安知府，雍正七年（1729）补礼部仪制司员外。

小瞿唐

吴　瑞

双峡巉岩响巨流，奔腾仿佛似夔州。
马蹄躞蹀悬崖动，人影参差曲涧留。
惊起客怀频驻听，涤残宦念悟沉浮。
可能通向宛陵去，一片轻帆挂小舟。

曹玉树　字荫堂，延川人。乾隆五十四年（1789）举人。官河州学正，安徽旌德知县。

谒小瞿塘

曹玉树

七里湾前庙甫成，我来参谒动诗情。
踏阶清响丝桐韵，傍岸明翻霹雳声。
水比瞿塘同磊落，山临古道亦峥嵘。
地灵也赖经营力，岘首曾传叔子名。

恭颂张邑尊重修七里湾^①庙成

曹玉树

古庙荒凉近百年，重修端赖邑青天。
人言绘画观瞻美，我爱诗歌字句鲜。
士庶欢腾称福地，神灵豫悦庇延川。
寰中多少清境处，不遇名贤不尽传。

【注释】

①七里湾：清道光《延川县志》："真武庙，在县西七里湾小瞿塘。"建于明隆庆四年（1570），张炽重修。

张　炽　山西汾阳人，举人，嘉庆六年（1801）任延川知县。

小瞿塘口占
张　炽

自古瞿塘峡，居然小得名。
飞流倾百斛，急湍簇千声。
地以边隅僻，音传山水清。
应知钟毓盛，佳气拥连城。

庙外阶成，清音自起，以志其异
张　炽

胜迹昭然著，空阶得韵清。
何因传逸响，谁与共寻声。
疑鼓湘灵瑟，微闻子晋笙。
云山缥缈处，相对此移情。

李步瀛　延川人。嘉庆五年（1800）举人。

恭和邑侯张明府小瞿塘原韵
李步瀛

分得瞿塘险，乌延永列名。
峡中飞急湍，天外听传声。

欲共千山碧，生成一线清。
偶然登绝顶，还似到夔城。

又和重修七里湾庙落成
李步瀛

已久倾圮地，名公起善缘。
神灵增赫奕，庙貌总新鲜。
阶下听幽响，池中涌列泉。
只凭区画力，胜迹亘乌延。

清明同张邑尊七里湾即事
李步瀛

才过冷节是清明，约伴同来并马行。
最喜骋怀联旧好，却宜天色正新晴。
路多野鸟乘春语，门有山僧扫径迎。
明府风流饶韵事，诗瓢常共酒瓢倾。

李嘉绩（1844—1908）　字云生，号潞河渔者，原籍直隶通州，成都人。监生，光绪十六年（1890）二月到光绪十七年（1891）八月署保安知县。著有《榆塞纪行录》《代耕堂杂著》《代耕堂诗稿》等。

铁门关^①同子渔作

李嘉绩

边风瑟瑟马班班，行遍千重尽土山。
记取北征留画本，与君载酒铁门关。

【注释】

①铁门关：清道光《延川县志》："即禅梯岭，土名铁门关。明时筑堡，有一夫当关、万人辟易之险。俗传宋杨延昭屯兵于此。"今俗称雁门关。

马家沟

李嘉绩

乱石撑山根，一水走其罅。
人家临水居，采石垒成舍。
路疑桃源深，风入太古化。
麦饭客待熟，浊酒邻肯贳。
主人言笑隘，不知有天下。
我生独艰苦，四十未息驾。
怅触五亩情，何缘办桑柘。

文安驿①
李嘉绩

千家鸡犬旧为邻，今日村廛不见人。

行客匆匆唯有泪，一鞭斜日吊遗民。

【注释】

　　①文安驿：清顺治《延川县志·邮亭》："旧在县治东北隅，即布政司署是。明正统间，邑令张辅迁于枣林镇。"民国《延川县志》："文安驿堡，即文安堡。在县西三十里，堡分二，相距三里，俗称上驿、下驿。"

　　李娓娓　女，字心兰，延川人。生于清代道光年间，卒于民国初年。有《咏月轩吟草》《幽香馆存稿》《绿窗词草》传世。

塞　上
李娓娓

万里长征客，山河路不穷。

孤城寒背月，战马苦嘶风。

野戍胡沙里，边愁画角中。

乡关何处是，惟听夜鸣弓。

村居即事八首

李娓娓

家住三台杨柳村，一湾流水抱柴门。
浣衣石上愁春去，野草斜阳欲断魂。

家家户户起炊烟，绿野耕回日未偏。
偶向柴门望春色，断肠芳草碧连天。

正值炎天麦已黄，无情岁月逼人忙。
笑他椎髻东家妇，犹摘山花插鬓旁。

门前芳草绿平铺，又向桑园伴小姑。
山鸟不知人力倦，声声犹自唤提壶。

荞麦花开远望红，一年农事尚匆匆。
只愁雁过霜飞后，最怕寒砧落叶风。

扑面西风叶打头，盈筐红豆已成秋。
年年此物浑无数，恰似闺人万斛愁。

裙布荆钗日日忙，缕金箱锁嫁时裳。
窗前晓起寒侵骨，怕道贪眠懒下床。

累人针线手频拈，风雪寒深上指尖。
夜夜工夫灯下泪，残炉灰烬懒重添。

延水关避兵感赋[1]

李娓娓

烽火连天满目愁，夕阳烟水望东流。
桃花有泪啼红粉，杨柳无人上翠楼。[2]
拂面风尘谁与共，惊魂鼙鼓未曾休。
前途渺渺知何处？犹傍黄河古渡头。

【注释】

　①延水关：清道光《延川县志》："在县东南七十里，吐
延川口。东临黄河……今为延水关，有渡。"

　②作者自注："延川城破，少年妇女被掳者甚多，号哭之
声，惨不忍闻。"指同治回民军战乱。

禅梯岭

佚　名

层峦叠嶂势参天，一线中留路蜿蜒。
万里车书通朔漠，三边形胜控绥延。
重关扼守人难度，战垒频经马不前。
北虏望风先丧气，杨家勋业忆当年。

现 代

靳之林（1928—2018） 河北滦南人。曾任中国美协陕西分会副主席，中央美术学院教授。出版有《抓髻娃娃》《中国本原文化与本原哲学》等。

乾坤湾①

靳之林

君不见，民族魂！
黄土群峦，
旸阳初照，
大河九曲十八湾。

1997 年于土岗乡

【注释】

①乾坤湾：位于延川县东南黄河峡谷，原属土岗乡（今乾坤湾镇）。

杨　耀（1938—2017）　字子虚，自号林泉室主，延川人。曾任山东工艺美术学院教授，山东省文史研究馆馆员，中国美术家协会会员。出版有《杨耀国画集》等。

《故乡山图》 七言三韵诗

杨　耀

去岁五月偕家人返故里今写之，壬辰孟秋下浣，杨耀并题

晚岁更自念故土，根在驰誉红枣乡。

童年诸事清晰历，延川家山勾老肠。

黄土高原又笔下，魂牵梦绕引思长。

2012 年

油井涵润　翠屏春深

延长县

　　延长县位于陕西省北部，延安市东部。春秋为白狄地。战国初属魏，后属秦。秦汉为高奴县。北魏神麚四年（431），置广安县。西魏置义乡县。北周设门山县。隋仁寿元年（601），广安县更名延安县。唐先后设北连州、义乡县、齐明、门山县；广德二年（764）改为延长县。元至元六年（1269）撤门山县。明、清、民国均设延长县。1935年，宜川县第五区、第六区并入延长县；1949年，撤销临镇县，原临镇县赤峰、庆元、洞儿弯3区划归延长，原延长二区康家坪等乡划归延安县。黄河沿秦晋省界过境，延河由凉水岸注入黄河。九连山、翠屏山、后九天、狗头山、罗子山等山岭半土半石，岩石裸露，挺拔峻峭，遐迩闻名。翠屏山紧临延河，满山郁郁葱葱，鸟语花香，可鸟瞰延长全城，临水悬崖石上刻"中山林"3个大字，系AAA级风景区。延长是中国大陆第一口油井诞生地，清光绪三十三年（1907）延一井在县城西门外出油。清康熙《延安府志》载延长八景，即翠屏南嶂、华洞西山、凤岭龙蟠、鸡台虎踞、九连贯珠、独战倚云、漱玉汉落、圣灯夜曜。乾隆《延长县志》载延长八景，即翠屏南峙、华洞西崖、油井波涵、酒泉天酿、灵岩漱玉、连蚰贯珠、凤岭晴岚、鸡台晓月。

元

米邦彦　山西人。元至正间（1341—1370）延长县尹。

翠屏山[①]
米邦彦

翠屏山色小蓬壶，烟里楼台半有无。
若是当年摩诘见，定知不作辋川图。

【注释】
①翠屏山：清康熙《延长县志》："县城南。屹然高耸，四时花木苍翠，望之如屏，故名。"

明

李　谏　湖南安化人。官延长训导。

西山洞^① 辑句

李 谦

晓行不厌河上山，别有天地非人间。

安得移居此中老，白云长在水潺潺。

【注释】

①西山洞：清康熙《延长县志》："县西二里许，石壁峻嶒，内凿古洞，颇幽洁。"乾隆县志云："华洞西崖：西门外二里。凿悬崖为洞，中塑千佛，外增寺房，沿山腰开径，架桥通之。"

孙逢吉 山西浑源人。天顺年间（1457—1464）任延长知县，迁陕西布政使。

漱玉岩^①

孙逢吉

崎岖山下路，水出古岩前。

银汉落平地，玉龙飞上天。

雨霁云横岭，风高雪满巅。

暂停观此景，何处觅神仙。

【注释】

①漱玉岩：清康熙《延长县志》："城东里许，两山豁尔，中通一径，悬崖吐水，如练澄清，可以鉴发，汲之烹茶，味

更佳。"

惠世扬　陕西清涧人。万历三十五年（1607）丁未科进士，崇祯元年（1628）年任刑部左侍郎。

过枣林^①水涨

惠世扬

枣林何事竟淹留，雨色遥连百尺楼。
飙尔风生孤鹜起，少焉日出万山浮。
村翁有酒觥先洗，客子无文藻懒抽。
秋水怀人难问渡，几番历乱自夷犹。

【注释】

①枣林：清康熙《延长县志》"乡镇"载有"枣林镇"。

张缙彦　河南新乡人。崇祯四年（1631）辛未科进士，官清涧知县，兵部尚书。

延长县视赈感赋

张缙彦

荒城匹马逐征鞯，几下深溪几上巅。
酒井那来市上醉，油泉谁代灶头烟。^①
鲸鲵血冷气初息，鸿雁声高惠未宣。
仙谶^②当年应有意，谩劳咄咄问青天。

【注释】

①清康熙《延长县志》："酒井：学宫后。石崖下涌泉若醴，土人汲取酿酒，甚佳，后争取不已，填塞泉眼，而仙源涸矣。""油泉：县城西门外。井出石油，取者以雉尾浥之，采入缶中。燃之如麻油，多烟煤。为墨至佳，更疗疮痍。《通志》云：屏山之下，瞿水经之，水面出油，可以燃灯。"酒井、油泉并称"二瑞"。

②作者自注："余筮仕清涧时，途次邯郸，卜于卢生，得签有'从今增福寿延长'之句。崇祯六年奉檄延长视赈，感以志之。"

郝鸿猷　北直隶霸州（今河北霸州）人。崇祯年间（1628—1644）任延长知县。著有《荫萝轩集》。

郊行漫兴二首
郝鸿猷

政闲谁强陟嶙峋，策杖能扶善病身。
已见涧松森若夏，旋惊霜柿灿于春。
浮云乍断峰多出，危石长嵌路未迟。
暮卧招提消万虑，梦中唯见贝文新。

荆门茅屋喜人归，野老山花情若依。
恩允息肩九府重，身还留意四家微。
麦苗竞向青畴秀，群鹜翻从碧水肥。
时雨欲来童叟乐，予心岂与众心违？

清

栾为栋　四川彭水（今属重庆）人。顺治二年（1645）任延安知府。

翠屏山寺
栾为栋

宝刹悬岩依碧空，登临曲径白云封。
秀分叠嶂围金界，清挹泂流绕绀宫。
幡影迎风翔彩凤，香烟映日舞蟠龙。
眼前生意皆般若，须锁猿猴界主翁。

十方院①
栾为栋

客心惊旅雁，八月呖秋霜。
秋色侵山色，山光映水光。
尔时登彼岸，真个到西方。
落叶度禅院，金风吹菊黄。

【注释】

①十方院：清康熙《延长县志》："延水南。石磴盘回，俯瞰洪涛，古刹清幽，墨客骚人往往载酒游赏于此。"

白寿宸（1626—1684）陕西清涧人。顺治十一年（1654）举人，曾任狼神寨训读。参纂《清涧县志》。

狼神寨① 漫兴
白寿宸

地僻容吾拙，人归任我游。
浮云过岁月，古寺老松楸。
野鸟联紫翅，山僧尽白头。
黄河常在眼，终日散乡愁。

【注释】

①狼神寨：位于狼神山，今称罗子山。

叶映榴（1642—1688）　字炳霞，号苍岩，上海人。顺治十八年（1661）辛丑科进士，官陕西提学，湖广参议道署布政使，谥忠节。有《叶忠节公遗稿》传世。

延长孙令① 重建学宫告成，余至其邑瞻拜并作碑记上石，率赋二律赠之
叶映榴

荒城斗大乱峰间，儒吏雍容翰墨娴。
芹藻暗香新璧水，鼓钟重振旧尼山。
民栖陶穴风逾古，鹤听琴声梦亦闲。
清绝县门当涧道，一滩鸂鶒自飞还。

崇冈叱驭竟忘疲，瞻拜神清惬梦思。
栋宇久颓离乱后，宫墙重见太平时。
辛勤化蜀才输尔，慷慨过秦论有谁！
自愧老儒章句拙，曾无黄绢勒青碑。

【注释】

①孙令：孙芳馨，字昆渊，辽东人。康熙十四年（1675）任延长知县，清康熙《延长县志》："尤加意学校，捐解寒士，停免银两，延师课读，重新学宫。"

蔡　楫　顺天籍闽县人。康熙十六年（1677）任保安知县。

过延长同孙昆渊年翁游翠屏山
蔡　楫

空中楼阁隐参差，一路花香傍水涯。
携酒共寻春事好，登山渐觉岫云低。
词章堪诵天台赋，绝句频吟待月诗。
归向画桥看夜色，满城灯火步迟迟。

章永祚　字锡九，号南湖，江南贵池（今安徽池州市贵池区）人。举人，康熙四十九年（1710）任清涧知县，官至工部都水司主事。有《南湖集钞》传世。

石油湾

章永祚

在陕西延安府延长县

延长产石油，出自岩窦里。
激水漩浓沤，清膏腻无比。
校书灯可燃，医疡疥能已。
有司苦馈献，悉索罄瓶罍。
我来三年余，方知产自此。
绿影映澄潭，凝脂缀高垒。
稍待春气融，持钱贸乡里。
伟哉造化功，无由测终始。
火井与酒泉，安用诧奇诡。

王德修　江南人。康熙间任米脂知县。

题漱玉岩赠孙昆渊明府

王德修

咫尺山城小有天，雪封苔砌亦悠然。
龙眠古洞鲛珠灿，虹饮澄潭碧玉鲜。
惠泽旁流敷市井，恩波正涌润鄜延。
已知旧迹留方域，犹藉新声纪简编。

吴　瑞　江南南陵（今安徽南陵）人。雍正三年（1725）任延安知府，雍正七年（1729）补礼部仪制司员外。

延长观石油井
吴　瑞

万山磧里行，广安城之北。
土人说奇产，石油井中得。
我闻偕往观，油浮水莫测。
其味即如油，其色漆如黑。
可以充药饵，可以作佳墨。
草木复菁葱，掩映石井侧。
至理果难求，格物诚难极。
石髓仙始歺，石液人曾食。
此物流石中，偏令人难识。
天地钟灵异，造物生奇特。

赵　酉　甘肃秦州人。雍正十二年（1734）任延长知县。

秋行郊野
赵　酉

红紫苍黄画里秋，鞭尘初净野云收。
兼葭本是秦中咏，好把郊行当溯游。

沈必琏　浙江山阴（今绍兴）人。曾客居延长。

石油泉
沈必琏

羲皇化理俗无愁，膏泽盈盈似水流。
上郡只知求玛瑙，广安今复见泉油。
临民朗照称犀兕，稽古薪传易校雠。
冰性奏功同药石，疲民顽疾一时瘳。

刘允焕　新城人。曾客居延长。

酒 井
刘允焕

天开酒井傍桥门，应有泉星发此源。
醉卧不须传赐馈，酡颜何必待开樽。
孟尝好客难投辖，韦陟留宾只治飧。
知近当年张掖地，分封拜爵望承恩。

王崇礼　湖南安化人。乾隆二十三年（1758）任延长知县。

延长八景

王崇礼

翠屏南嶂

不似群山老，还留翠挹眉。
草滋鹦鹉集，树暖凤凰仪。
绀殿笼霞带，青苹映水湄。
只因长拱署，取象赛琉璃。

华洞西崖

灵幻偏依石劫开，普装金象赛蓬莱。
丹崖飞阁参差就，碧落长虹接引来。
碑可耐传随日载，柏能祛冻倚云栽。
翟流砭路寻常眼，为采幽奇借韵裁。

油井波涵

井泉资汲饮，油可继焚膏。
二者不相涉，坎离如隔胞。
翟流南北岸，凿石甃为扦。
何为清带污，浮腻难洗盥。
其质偏依水，其性若宜旱。
其色玄如漆，其臭腥如犴。
拭之用雉尾，然之亘宵旦。

顶烟能造墨，医疮治焦烂。
咄咄造物奇，耳闻谁信之？
今悟阴阳理，石液似松脂。
市取无需价，井上人争跨。
从兹黑子城，光明常不夜。

酒泉天酿

地不爱宝多出泉，泉出山下应蒙然。
此井派疑通张掖，天生麴蘖流涓涓。
城人争酿恣狂醉，甲闹东街乙西市。
前令独醒令禁之，不塞不流垒土石。
旁溢一线浸崖浃，汲用烹茶味还美。
涤我尘胸浣我胃，不知陆子品此当第几。
噫吁兮！岩岩者石，棱棱者山，
圣泽不远，井栏泮壁自回环。
只今不得瓶罍味，步兵哭作穷途潸。
君不见，小人之交甘如醴，怎似君子之交淡如水。

灵岩漱玉

城东盈百步，洞壑天惊破。
悬岩半穹窿，滴水洗尘涴。
遇寒犹弗觉，遇炎思倚坐。
坐久品泉味，漱齿不忍唾。

连岫贯珠

山里寻山挺翠难，连珠数并老阳攒。
八公草木摧苻寇，五指云烟障海湍。
太白矗为丰镐镇，华峰绕似雍秦鬐。
偏隅亦有分峦秀，挹对应知属广安。

鸡台夜月

鸡斗何如双陆博，台名疑自李唐留。
子安若不狂挥笔，南海焉能溺北舟？
台枕方流月倩圆，云标秋迥倍悠然。
不须介羽寻金距，仙迹于今半幻传。

凤岭晴岚

来仪瑞物托形留，赢得朝阳翠影浮。
似览德辉栖嶵谷，肯随虞网下莺鞲。
翟流涤羽开文藻，鱼石澄胸挹翠楼。[①]
山市晴岚乡国咏，借吟和哕一齐收。

【注释】

①挹翠楼：原县城东有楼名挹翠。

董汉贾 延长人。官同州训导，山东宁阳县丞。

翠屏山
董汉贾

屏山铺翠俯洪涛，掩映花城旧李桃。
听得游人时纵眼，登临词客漫挥毫。
翟流环绕排龙角，延岫差池振凤毛。
自是蓬莱余小麓，郁葱佳气五云高。

王 佐 延长人。官河南汝州州判。

独战山①
王 佐

一柱撑天耸翠峰，飞云走雾靖边烽。
俨然大将亲临处，不数南阳有卧龙。

【注释】

①独战山：清康熙《延长县志》："县东四十里。峰势削
成，上颇宽敞，可以避乱。一人守之，万人莫当。"

李一俊　延长人。庠生，余不详。

酒　井

李一俊

石汲纷纷竟日忙，清源原不让琼浆。
青州从事陶潜醉，张掖分封阮籍狂。
色映葡萄无限味，光浮琥珀有余香。
而今倘复疏灵脉，重整新丰笑举觞。

樊钟秀　延长人。拔贡，补纂《延长县志》。

春日吴父母招饮西山洞和韵

樊钟秀

翩翩儒吏政方闲，载酒春游曲径间。
洞避西乾迎紫气，云横半岭幕青山。
开筵槛底花堪坐，揽翠亭前柳可攀。
竟日盘桓陪宴赏，归来衫袖染苔斑。

邑文庙告成步叶苍岩宗师纪事韵

樊钟秀

巍峨宫殿倚云间，俎豆新陈礼乐娴。
治行由来推渤海，斯文今喜对尼山。

环桥蔼蔼乡云丽，丹陛森森古柏闲。
钟鼓声闻昭肃穆，词成白凤自飞还。

王　权　甘肃伏羌（今甘谷）人。同治九年（1870）任延长知县。

初抵延长（三首选一）
王　权

百里剩荆榛，荒城塞水滨。
饥乌环枯骨，怪兽诧生人。
驿路芜难辨，边氛煽太频。
嗟嗟卢与扁，无术起青磷。

放　衙
王　权

难得天时好，刚逢案牍清。
空庭闲步转，欹树午阴横。
雨散鸟无忌，风休花太平。
南山秋始润，浓翠落前楹。

李嘉绩（1844—1908）　字云生，号潞河渔者，原籍直隶通州，成都人。监生，光绪十六年（1890）二月到光绪十七年（1891）八月署保安知县。著有《榆塞纪行录》《代耕堂杂著》

《代耕堂诗稿》等。

延长道中
李嘉绩

黄昏芦管一声哀，延水滔滔去不回。
今夜月明干谷驿，九峰山色送诗来。

古　长　字源远，延长人。余不详。

石阁^①小草
古　长

何方胜景赛蓬巅，此处危楼直插天。
北去白云落午雨，西来紫气混朝烟。
几层石磴星河近，一路玉阶日月边。
古柏亭亭争秀色，犹疑伞盖满山前。

【注释】

①石阁：石阁山，又名狗头山，原属宜川境内，现归延长。清乾隆《宜川县志》："在县北一百二十里，属安仁里。今呼为高山。孤峰入云，俯视群山，下瞰黄河。上有千佛阁、玄帝宫、天神庙，中有井，今修为寨。"民国《宜川续志》："山顶前又有圣母庙、五龙宫、南文楼、北魁星楼。南天门下有石梯八十三阶，其形立陡。北门内有关帝庙。""同治初为避难所"。

古松年 延长人。余不详。

赏石阁山
古松年

凌虚石阁绕云烟，老树森森等列仙。
殿古犹闻钟磬击，台高忽见斗星联。
观棋洞里凡声远，对酒峰头塔影圆。
试问山中相赏客，忻然谈笑乐无边。

古鹏翔 延长人。余不详。

咏石阁山
古鹏翔

巍巍石阁壮山巅，上有楼台接九天。
绝顶看来红日近，凭身望去白云连。
峰头夜度三更月，洞里朝含一线烟。
且喜登高临巽位，石梯宛在斗牛边。

古志周　延长人。余不详。

二月胜日登石阁
古志周

层层直上山之巅，连步登临兴豁然。
梵语分明黄卷外，钟声仿佛白云边。
春晖满地岚光翠，月色当天塔影圆。
多士振衣寻胜概，人文原自壮风烟。

古凤翱　延长人。余不详。

石阁玩景
古凤翱

巍巍石阁壮观瞻，游子登临趣爽然。
喜见危楼高步月，笑看古柏势参天。
晨风吹动钟声远，晓日平临塔影圆。
云路天梯如可假，万仞蓬山许占先。

古维城　延长人。同治年间（1862—1874）恩贡。

怀当年石阁
古维城

石凿巉岩曲径通，羊肠鸟道转西东。
钟声隐隐传禅院，柏树阴阴引梵风。
磴级连云霄汉外，奎楼挂月雾烟中。
山雨濛笼千佛洞，彩霞照耀五龙宫。
井如金镜豁玉宇，塔拟摘星矗远空。
僧古时邀琴笛友，壁明每爱画书工。
南瞻蟒岭随飞鸟，北望狼神数归鸿。
棋局茶铛足自适，开怀畅饮乐无穷。

郑肯堂　延长人。宣统元年（1909）拔贡，授山西候补直隶州州判，民国十七年（1928）任洛川县长。

石油歌并序
郑肯堂

丙戌岁，时年十五，窗课塾师令作此歌。彼时风气未开，即先觉语贤，苦无史册可考，亦不知凿井蒸溜之法，只举所见闻者约略言之，孤陋寡闻，良可慨矣！

屏山巍巍在城边，延水之间有油泉。

初出如豆浮水面，继则点点复涓涓。

日光荡漾更添彩，五光十色真明鲜。

土人不谙采取法，凿石围草作油田。

一束马兰凭汲取，谁知制炼与煎熬？

城防店房皆适用，灯火光明吐青烟。

吁嗟乎！

如此用途如此利，省钱何计在万千？

世世相传无人问，弃利于地堪惜怜。

石油泉，石油泉，化工造尔岂徒然？

安得汲尔三百瓮，助我夜读三万六千金匮石室之简编！

现　代

于右任（1879—1964）　陕西三原人。曾任陕西靖国军总司令，国民政府监察院院长。出版有《右任诗存》等。

延长感事①
于右任

山下为城山上寨，屏山如黛翟流黄。

开天事业穿油井，乱世功名产义王。

行客有心皆涕泪，居民无日不警惶。

可怜上下千余里，独是秦人安乐乡。

【注释】

　　①于媛主编《于右任诗词曲全集》另有《延长纪事》诗："山下为城山上塞，疲驴破帽过延长。开天美利穿油井，乱世降儿产义王（作者自注'指孙可望'）。戌卒一年三溃散，居民十室九逃亡。故人高烛频相赠（作者自注'由云飞君以延长矿中所出大烛相赠'），金锁关南照故乡。"

延长至延安道中

于右任

濯筋河畔草迷茫，故事居民语不详。
篪里①鸣蝉山谷响，柳阴系马水泉香。
世无韩范真儒将，地是金元旧战场。
兵火连年人四散，平川历历上田荒。

【注释】

　　①篪里：作者自注"土人呼丛林为篪林"。

美水劳山　幽谷银杏

甘泉县

　　甘泉县位于陕西省北部，延安市中部。春秋为晋国所辖，战国魏置雕阴邑。北魏初设临真县，后置因城县。隋置洛交县。唐武德元年析洛交建置伏陆县，天宝元年改甘泉县，历经宋、元、明、清、民国。1935年原安塞县所辖桥镇、下寺湾、石门划归甘泉。主要山岭有子午岭、雕阴山、伏陆山、劳山等。劳山、湫沿山（野猪岭），位于县北，是通往延安的必经之处，旅人每有感赋。洛河穿境而过，主要支流为雨岔沟、龙咀沟、劳山川、府村川、清泉沟河。美水泉在县城西南侧，厥味甘美，县以泉名。地处子午岭天然林保护区，千年银杏树、劳山国家森林公园等独擅其美，甘泉大峡谷可谓地质奇观。毛泽东故居、"雪地讲话"旧址、周恩来湫沿山遇险处、劳山战役等历史遗存，见证艰苦卓绝的峥嵘岁月。清康熙《延安府志》载甘泉八景，即甘泉美水、洛涨秋声、神林晚照、麻川映月、白马双峰、黑龙独秀、东岳嵯峨、太和耸峙。

宋

晁说之（1059—1129） 字以道，济州巨野（今山东巨野）人。官郿州通判，秘书少监、中书舍人。

趋延安过野猪岭①

晁说之

堑峭十月寒，一步不得整。
如何骑鲸客，来度野猪岭。
遥语谢康乐，尔辈易清省。

【注释】

①野猪岭：明弘治《延安府志》："野猪峡，在城北四十五里。"清康熙《延安府志》："野猪峡，县北四十五里。山峡险窄，戍守之地。"

明

陈 书 生平不详。

甘泉途中晚行

陈 书

斜阳下西岭，岚翠暝前川。

违火乱屋影，悲跫杂夜泉。
凉侵松露湿，香送蓼风干。
犹忆清岑墨，磨崖试一研。①

【注释】

①诗末作者自注："河边有小黑石可作墨用。"

马中锡（1446—1512）　字天禄，号东田，祖籍大都，北直隶故城（今河北故城）人。成化十一年（1475）乙未科进士，官陕西督学副使，右都御史。有《东田文集》传世。

晓发甘泉

马中锡

肩舆清晓发甘泉，风雪遥连塞外天。
野店客敲门问酒，土窑人隔水炊烟。
山无草木惟多石，地产毡裘不衣绵。
试扣征夫前路去，戍鸦声里是延川。

刘应时（1522—1575）　字子易，号中斋，山西洪洞人。嘉靖二十六年（1547）丁未科进士，官靖边西路兵备道。

甘泉感怀

刘应时

一官漂泊七年余，两字忠清半部书。

夷险行来都是路，江山到处即吾庐。
春深雨露沾原草，夜久星河伴使车。
就枕闻鸡惊起舞，提戈跃马奋长呼。

　　杨　锦（1533—1602）　字尚纲，益都（今山东青州）人。嘉靖三十五年（1556）丙辰科进士。官陕西参议，靖边道副使，右佥都御史、巡抚甘肃。

陪寅文郭恒西宪伯登玉台观[①]（二首选一）

杨　锦

翠积玉台观，天开见道宫。
岭从嘉峪起，水与洛川通。
碧殿青烟蔼，元林紫气笼。
联车讯羽翰，围坐白头翁。

【注释】

　　①玉台观：清乾隆《甘泉县志》："玉台观，一名净乐宫，在城西南二里龙泉山。明嘉靖丁酉邑人、秦王府典膳李润民建。先是，润民夜梦元帝命造观兹山，率众卜地，会有白兔从地中跃出，遂定基焉。前构元天殿，后建昊天阁、圣母祠，山门之内为三官楼，其名曰玉台，以遇兔故。"

陪寅文郭恒西宪伯登玉台观七律一首

杨　锦

同官载酒访瀛洲，上帝高居白玉楼。

双岫崚嶒青鸟外，孤城隐见碧云头。

路经曲折生萝薜，殿插空虚近斗牛。

老衲苍头陈道德，迟回驻马听箜篌。

马懋才　字晴江，安塞人。天启五年（1625）乙丑科进士，官行人，岳州副使，礼部祠祭清吏司员外郎。

墨台山①

马懋才

云拥峰峦合，山高碧汉通。

鸟飞迷故道，鸥泛识天空。

峛崺寰区胜，蓬莱瞻望雄。

何能登绝顶，盘石坐松风。

【注释】

①墨台山：清乾隆《安塞县志》："墨台山：山色如墨，不可耕作。"民国十四年《安塞县志》："墨台山，与石门山相近。"

清

张　霖（1658—1713）　字汝作，号鲁庵，直隶抚宁（今河北抚宁）人。官陕西驿传道，安徽按察使。

《修复甘泉①记》辞
张　霖

甘泉瀜瀜，润斯百里，
行旅商贾，不忧以喜。
民之庆矣，泉之长矣；
昔沦榛芜，今可防矣。
尔有稻粱，釜錡以湘；
尔有猪鸡，亨执膻芗；
耆老以寿，幼孤以挐；
天厉是除，式恬且熙；
饮和食德，伊谁之力；
山高水长，渍瀑靡息。

【注释】

①甘泉：明弘治《延安府志》："甘泉，在城西南十五里。岩谷中飞流激下，（随）[隋] 炀帝游此，饮而甘之。"清康熙《延安府志》："甘泉，县南五里。太和山巅飞流激下，隋炀帝游此，饮而甘之，取入禁内，县以此得名。"

王象斗　陕西富平人。贡生，康熙十七年（1678）任肤施教谕。

登甘泉玉台观
王象斗

石磴盘空访故踪，雪晴山削玉芙蓉。
楼台缥缈烟云逼，松柏阴森翡翠重。
市杏何人曾使虎，谈经有客自传龙。
鹤飞锡落空回首，纵目清霄野兴浓。

叠嶂崔巍殿阁悬，岩城北望众山连。
石田虚颂三冬雪，村落难寻万灶烟。
鸿雁经时歌肃羽，黍苗何日溉流泉。
先忧莫负登临意，呼吸应须到九天。

余明彝　福建枝江人。顺治九年（1652）壬辰科进士，十一年（1654）任甘泉知县。

雪后登太和山[①]
余明彝

天空仙梵总能清，此日登临曙色明。
寒引断云封古瓦，烟生壤道别孤城。
梅花故国忆高士，草木遗风起旧兵。
听得野农占岁好，不如归去学春耕。

【注释】

①太和山：清乾隆《甘泉县志》："（县城）迤南三里曰龙泉山，即太和山。""楼阁参差，群峰环拱，称一方名胜。"

章永祚　字锡九，号南湖，江南贵池（今安徽池州市贵池区）人。举人，康熙四十九年（1710）任清涧知县，官至工部都水司主事。有《南湖集》传世。

龙　湫
章永祚

路入甘泉岭势稠，山腰俯视得灵湫。
泓然出地疑无底，皱或因风转不流。
人立翠微林壑静，龙眠碧沼雨云收。
欲凭仙液消秋渴，一勺难从千仞求。

姜朝勋　字广成，江南丹阳（今江苏丹阳）人。康熙三十九年（1700）庚辰科进士，康熙四十三年（1704）任甘泉知县。

仲春登文昌阁①
姜朝勋

文峰突起任东阿，面绕崇山洛水过。
奎聚三楹陈俎豆，声求多士振弦歌。

今春杏苑看花少，来日云程奋翼多。

愧我红绫分饼客，为君主邕兆菁莪。

【注释】

①文昌阁：清乾隆《甘泉县志·山川》："县南城外曰文昌山，一名钟楼山，山势蜿蜒，巅际正文昌阁，半山为东岳行宫，旧悬钟，有楼，故址尚存。"

吴　瑞　江南南陵（今安徽南陵）人。雍正三年（1725）任延安知府，雍正七年（1729）补礼部仪制司员外。

美　泉
吴　瑞

仆仆劳车马，甘泉饮美泉。

云根开石窍，玉液助吟鞭。

不羡卢仝癖，还思陆羽煎。

风生双腋下，犹觉兴留连。

许联奎　安徽歙县人。乾隆九年（1744）任安边同知，乾隆二十五年（1760）任葭州（今佳县）知州。

大劳山①
许联奎

山花含笑阅行人，壁垒消残雨后尘。

莫讶久稽劳戍卒，昆仑三鼓捷如神。

【注释】

①大劳山：清康熙《延安府志》："（甘泉）县北二十里，有大、小劳山。相传宋狄青与夏人相拒，士卒疲困憩于此。"清乾隆《甘泉县志·山川》："（城北）二十里曰小劳山，二十五里曰大劳山。

陈德星　钱塘人。举人，乾隆二十八年（1763）任肤施知县。

道左坡①遇雪
陈德星

沉阴浃日幕空虚，夜半祥霙拂槛除。
细水脉寒春涧里，乱山头白曙鸡初。
柴门老树纷堪画，茗椀清吟冻懒书。
蹋玉一鞭归思迫，边城素色上衣裾。

【注释】

①道左坡：疑为道左铺，今甘泉县道镇。

汪永聪　江南休宁人。清乾隆二十五年（1760）任甘泉知县，乾隆三十年（1765）任知州。主修《甘泉县志》。

甘泉八景诗 （八首选七）①
汪永聪

甘泉美水②

何年山溜响泠泠，仙腋潜滋一碧淳。
阅尽炎蒸偏自美，调来嘉馔不沾腥。
品泉煮茗应逢羽，酿酒衔杯更醉伶。
寻到白云遮护处，千年涧畔有余馨。

【注释】

①甘泉八景诗中"麻川映月"，其地今属宝塔区，故此不录。

②甘泉美水：清乾隆《甘泉县志·山川》："甘泉，在县西南七里霸王湾之西山下，县更名以此。《潜确类书》云：泉去地一丈，飞流激射，厥味甘美。隋炀帝游此饮之，取入禁内……泉水作饮馔，虽盛暑不变味，后人以苦于转输，遂锢其泉……尚停蓄一小坎极清可饮。离泉十步许有碑一具，洗而读之，乃康熙甲戌修泉碑记，屈指才七十年，胡又湮没。"

洛涨秋声①

何源远出碧山隅，几曲潆洄万壑趋。
雨洒层峰飞瀑布，烟笼极浦驾天吴。

当秋忽讶金飚骤，入夜还疑铁马驱。

清籁不烦丝与竹，拈豪作赋莫嗟吁。

【注释】

①洛涨秋声：清乾隆《甘泉县志·景致》："城西洛水至秋则波浪触天，唅吰远彻。"

神林晚照①

碧树参天画不如，林中定有列仙居。

九霄赤曜偏遗照，一线清晖更有余。

整整斜斜光映发，重重叠叠影扶疏。

虞渊未薄斜阳在，灵镜还疑是望舒。

【注释】

①神林晚照：清乾隆《甘泉县志·山川》："（县南）十五里曰神林山。连山包络，此山独高于诸峰。旧传林木丛茂，傍晚林中光融如月，故名。"

白马双峰①

洛水西头矗碧峰，奔腾天矫宛犹龙。

仰观已觉丹霄近，远望惟惊黛影浓。

峭壁行排金翡翠，层岗秀发玉芙蓉。

下方烟郭江村迥，树杪风传绀宇钟。

【注释】

①白马双峰：清乾隆《甘泉县志·山川》："县西一里，曰太崇山，并峙者曰白马峰。……在洛水西岸，连峰为白马双

峰。""两峰壁立，可以俯视旷远。"

黑龙独秀[1]

翠耸巍岑高插天，凌虚恍似起深渊。
崖悬如削苍藤古，壁立难攀白鹤旋。
乍睹霏霏云出岫，争看飒飒雨非泉。
山灵始信神功远，祠宇明禋自昔传。

【注释】

①黑龙独秀：清乾隆《甘泉县志·景致》："南门外东山，层峦叠翠。"

东岳嵯峨[1]

蜿蜒东来势自雄，层峦拔地碧烟笼。
阴阴古木含苍翠，渺渺平原仰茂葱。
云际绝缘幽径仄，日边先晓瑞光融。
凭高远览无穷累，祇事□□祝岁功。

【注释】

①东岳嵯峨：清乾隆《甘泉县志·山川》："县南城外曰文昌山，一名钟楼山，山势蜿蜒，巅际正文昌阁，半山为东岳行宫……其阴曰嵯峨山。"

太和耸峙

岩峦擢秀景光饶，突兀撑空逼紫霄。
城郭参差青映户，川原平旷碧敷苗。

凝眸阆苑烟中好，翔首崇台树外遥。
一曲城波山下路，穿窿绛节可来朝。

二弟自县赴临真，路滑雪阻，两日仅行七十里，借宿卫属地方来札及之，却寄一首

汪永聪

凌晨踏冻马蹄辛，雪洒山头浪似银。
廿里征鞍无卸处，桂珠夜半乞邻人。

汪永俊　生平不详，疑为汪永聪所言二弟。

大雪过清泉山①

汪永俊

朔风号峭壁，攀陟冻云朝。
眼晃瑶台矗，衣沾玉屑飘。
山翁添饮兴，逸容挂诗瓢。
踟蹰冈头路，霏霏意正骄。

【注释】

①清泉山：清乾隆《甘泉县志·山川》：“（县东）五十里曰清泉山。山麓为清泉庄，东出杨家岔，连山绵亘二十里，断绝烟火，顾为临真必由之路。山湾有山神小庙，行者祷之，免虎患。”

任叙典　甘泉人。拔贡，清乾隆三十二年（1769）任广东从化知县。

甘泉歌四章
任叙典

谷口离宫汉殿开，云阳屡幸翠华来。
可怜一样清如玉，谁似子云献赋才？

隋皇罢幸自年年，万壑千岩当咽填。
传语乡人休苦贡，玉泉今日胜甘泉。

空谷芳踪只废亭，涓涓暗水玉珑玲。
贤明见说姜明府，①肯向深山一启扃。

玉泉勺饮令人寿，清切西山接紫宸。
驿骑雕阴六千里，忍教害马复劳人。

【注释】

①姜明府：姜朝勋，甘泉知县。

杨　馥（1744—1828）　字迈功，江西金溪人。乾隆四十九年(1784)甲辰科进士，官延(安)榆(林)绥(德)兵备道，浙江巡抚。

行部甘泉道中，
有怀文苏亭沛廉访四首 (选一)

杨　頀

山花已苦热风吹，那见湿云麦陇垂。①
坐惜鸣鸠空舌巧，应怜布谷太情痴。
徘徊紫陌将焉往，料理青蓑未有期。
为尔长愁如困酒，殿春辜负看花时。

【注释】

①作者自注："时北边望雨甚切。"

杨梦弼　生平不详。

甘泉杂吟 (二首选一)
杨梦弼

自笑为秦客，淹留岂有家。
饭炊鱼子粟，薪爇鼠姑花。
春去初看柳，秋高始食瓜。
晚年潦倒甚，凄绝滞天涯。

李嘉绩 (1844—1908)　字云生，号潞河渔者，原籍直隶通州，成都人。监生，光绪十六年 (1890) 二月到光绪十七年 (1891) 八月署保安知县。著有《榆塞纪行录》《代耕堂杂著》《代耕堂诗稿》等。

甘泉道中
李嘉绩

雕阴五百里，处处尽童山。
复穴民居古，豺狼世路艰。
塞云飞不定，征鸟去仍还。
满眼悲生事，愁人涕泪潸。

白翟延州境，春寒草未生。
霜飞三月晦，田辍十年耕。
稍见流亡集，愁闻道路清。
独怜一钩月，冷照塞门营。

甘泉阻雨
李嘉绩

归马又千里，客程凋旧颜。
凉风白翟戍，夜雨甘泉山。

郁郁雕阴城，依依杨柳树。
莫绾行人愁，行人盼归路。

现　代

井岳秀（1880—1936）　陕西蒲城人。曾任陕北榆林镇守使，国民革命军八十六师师长。

甘泉早发
井岳秀

短衣敝屣事长征，山月随人趁早行。
隔水晨钟闻野寺，连天晓雾锁孤城。
才疏弱弟常忧国，质钝痴儿未解情。
独使书生愁社稷，诸君何以答升平？

郭超群　安塞人。清末拔贡，民国二年（1913）任安塞县第一科科长。

安塞十景题咏并解（十首选四）①
郭超群

唐寺晓钟

按：香林寺在县南洛河川一百二十里。唐开元二年建，山势陡峻，怪石悬崖，古柏森然，产于石上，五六月间，凉风逼人。明末清初，邑进士、礼部主事郭指南读书其上，镌其曲曰"山之阿"，为县境创修寺院之首。

> 唐建香林寺，至今柏森然。
> 先祖读书处，山阿字尚镌。
> 怪石嶙峋立，临风欲上天。
> 钟鸣漏已尽，始识白云巅。

石门夜月

按：石门山在县西南洛河川一百二十里。两山壁立如门，洛水经其下，山高川隐，夜半始得见月。

> 两山排闼立，石门如削成。
> 洛水从东下，万夫莫抗衡。
> 巉岩澄夜气，翠微露月明。
> 唐宋争胜地，天险古今名。

桃花流谷

按：桃花谷在县南敷政古城东，俗名桃花仙掌。冬月有桃花流出谷中，人莫知其所自。

> 避秦寻无地，桃源难问津。
> 此花何处种，经冬不染尘。
> 绛雪随流水，红云满洛滨。
> 谷中声汩汩，疑是武陵春。

花庄赏春

按：花庄在敷政古城内。春月牡丹满山谷，唐杜甫游此所植。

> 工部来游地，牡丹遍山庄。
> 品原夸富贵，魏紫偕姚黄。
> 国色人争羡，我亦拜花王。
> 三春寻芳日，到处赏天香。

【注释】

①十景原属安塞，今该四景地归甘泉。

董必武（1886—1975） 湖北黄安（今红安）人。曾任中共中央党校校长，中华人民共和国副主席、代主席。出版有《董必武诗选》等。本书诗录自人民文学出版社 1977 年《董必武诗选》。

过劳山寄延安诸同志

董必武

> 浅黄深碧杂丛红，映日秋山到眼中。
> 结辇南驰随去雁，离人北望逐飞鸿。
> 亦知此别寻常事，总觉难言隐曲衷。
> 今夜鄜州看明月，得无清皎与延同？

1940 年 10 月

林伯渠（1886—1960）　原名林祖涵，湖南临澧人。曾任陕甘宁边区政府主席，全国人大常务委员会副委员长。出版有《林伯渠同志诗选》等。本书诗录自中国青年出版社 1980 年《林伯渠同志诗选》。

出巡边区各县早发高家哨

林伯渠

骏马坚冰踏洛河，纷纷瑞雪舞婆娑。
载途公草驴争拥，觅食饥禽陇见多。
天意难知厄重耳，法轮无语笑荆轲。
群山皆冷心犹热，反着羔裘当薜萝。

1941 年底

卅年除日^① 巡次甘泉

林伯渠

甘泉小滞逢除日，朋侣追从作浩歌。
相约廉隅共砥砺，难忘大地正干戈。
心如止水波纹少，梦似浮云间隙多。
樽酒及时共一醉，那堪岁月共蹉跎。

【注释】

①卅年除日：卅年，指民国三十年，该年农历除夕是 1942 年 2 月 14 日。

钱昌照（1899—1988）字乙藜，江苏常熟鹿苑（今属江苏张家港）人。曾任政务院财政经济委员会委员兼计划局副局长，全国政协副主席。

从洛川赴延安途中

钱昌照

轻车驰傍洛河滩，乍上高坡直北看。
穿过劳山见塔影，此心飞跃入延安。

田　汉（1898—1968）　湖南长沙人。中国文学艺术界联合会副主席、中国戏剧家协会主席。

延安纪行漫录（十五首选一）

田　汉

过劳山。中央红军入陕北以前，红二十六军曾在此阻击延安王以哲部以保甘泉，前作"保延安"，误。

残碉犹峙碧山颠，绝壁当关叶蔽天。
火炮如雷顽敌阻，红军当日取甘泉。

鄜州羌村　塔影钟声

富　县

　　富县位于陕西省北部，延安市南部。春秋属晋。战国先属魏后归秦。秦设雕阴县。汉设雕阴、直路二县。东晋前秦置长城县，建五交城。西魏设三川县。隋先后设洛交县、鄜城郡、上郡。唐置鄜州。民国元年（1912）废州设鄜县，1964年改名富县。东有洛河，西有葫芦河，川塬相间；子午岭横亘西部，层峦叠翠。唐代鄜州是富县历史鼎盛时期，许多人文遗迹都与此有关。贞观年间，鄜州宝室寺铸造铜钟，后称天下第一古钟；开国元勋尉迟敬德任鄜州都督，督造开元寺宝塔；天宝十五年（756），诗圣杜甫居家鄜州，著有《羌村三首》等千古佳作，因"拾遗墨草""少陵旧游"，三川、羌村历代题咏不断。秦直道遗址、石泓寺石窟、开元寺塔、柏山寺塔、福严院塔、战国长城、八卦寺塔林等人文遗存，是古代鄜州人民辛勤劳动和聪明智慧的艺术结晶，直罗战役、东村会议旧址和太和山景区是重要的历史纪念地。清康熙《延安府志》载鄜州四景，即开元白松、玉女垂杨、圣佛晚照、柏山秋声。清《鄜州志》载鄜州八景，即塔寺晨钟、圣佛晚照、仙台夜月、莲池雨涨、玉女垂杨、谷口春桃、柏山秋声、开元白松。

唐

杜　甫（712—770）　字子美，自号少陵野老，祖籍襄阳，生于河南巩县（今巩义），世称杜工部、诗圣。官右卫率府胄曹参军，左拾遗。

三川①观水涨二十韵
杜　甫

我经华原来，不复见平陆。
北上惟土山，连山走穷谷。
火云出无时，飞电常在目。
自多穷岫雨，行潦相豗蹙。
蓊匌川气黄，群流会空曲。
清晨望高浪，忽谓阴崖踣。
恐泥窜蛟龙，登危聚麋鹿。
枯查卷拔树，礨磈共充塞。
声吹鬼神下，势阅人代速。
不有万穴归，何以尊四渎？
及观泉源涨，反惧江海覆。
漂沙坼岸去，漱壑松柏秃。

乘凌破山门，回斡裂地轴。

交洛赴洪河，及关岂信宿。

应沉数州没，如听万室哭。

秽浊殊未清，风涛怒犹蓄。

何时通舟车，阴气不黝黩。

浮生有荡汩，吾道正羁束。

人寰难容身，石壁滑侧足。

云雷屯不已，艰险路更踬。

普天无川梁，欲济愿水缩。

因悲中林士，未脱众鱼腹。

举头向苍天，安得骑鸿鹄！

【注释】

①三川：有三。一为西魏所置三川县，宋降为镇，在今富县吉子现乡三川驿村。一为鄜州城附近洛河川、牛武川、采铜川三道川水汇合之处，即今富县县城附近。一为三川驿，清嘉庆《洛川县志》："原建三川驿在故三川县治，与县境西进浩镇接壤。嗣废三川县，地并入鄜州，而三川驿如故。原设驿丞受理，雍正七年裁汰三川驿丞，驿始归县附近管理，因移建凤栖铺堡城内，即今县治驿地，犹沿三川之名。"

月　夜

杜　甫

今夜鄜州月，闺中只独看。

遥怜小儿女，未解忆长安。

香雾云鬟湿，清辉玉臂寒。
何时倚虚幌，双照泪痕干？

忆幼子

杜 甫

骥子春犹隔，莺歌暖正繁。
别离惊节换，聪慧与谁论。
涧水空山道，柴门老树村。
忆渠愁只睡，炙背俯晴轩。

述 怀

杜 甫

去年潼关破，妻子隔绝久；
今夏草木长，脱身得西走。
麻鞋见天子，衣袖露两肘；
朝廷愍生还，亲故伤老丑。
涕泪受拾遗，流离主恩厚；
柴门虽得去，未忍即开口。
寄书问三川，不知家在否。
比闻同罹祸，杀戮到鸡狗。
山中漏茅屋，谁复依户牖？
摧颓苍松根，地冷骨未朽。
几人全性命？尽室岂相偶？

嶔岑猛虎场，郁结回我首。
自寄一封书，今已十月后。
反畏消息来，寸心亦何有？
汉运初中兴，生平老耽酒。
沉思欢会处，恐作穷独叟。

晚行口号

杜　甫

三川不可到，归路晚山稠。
落雁浮寒水，饥乌集戍楼。
市朝今日异，丧乱几时休。
远愧梁江总，还家尚黑头。

羌村[①] 三首

杜　甫

峥嵘赤云西，日脚下平地。
柴门鸟雀噪，归客千里至。
妻孥怪我在，惊定还拭泪。
世乱遭飘荡，生还偶然遂。
邻人满墙头，感叹亦歔欷。
夜阑更秉烛，相对如梦寐。

晚岁迫偷生，还家少欢趣。

娇儿不离膝，畏我复却去。
忆昔好追凉，故绕池边树。
萧萧北风劲，抚事煎百虑。
赖知禾黍收，已觉糟床注。
如今足斟酌，且用慰迟暮。

群鸡正乱叫，客至鸡斗争。
驱鸡上树木，始闻叩柴荆。
父老四五人，问我久远行。
手中各有携，倾榼浊复清。
苦辞"酒味薄，黍地无人耕。
兵革既未息，儿童尽东征。"
请为父老歌，艰难愧深情。
歌罢仰天叹，四座泪纵横。

【注释】

①羌村：今富县城北茶坊街道办大申号村。杜甫避"安史之乱"携家寓此。村前巨石镌明代王邦俊所题"少陵旧游"四字。

北 征 （节选）
杜 甫

靡靡逾阡陌，人烟眇萧瑟。
所遇多被伤，呻吟更流血。
回首凤翔县，旌旗晚明灭。

前登寒山重，屡得饮马窟。
邠郊入地底，泾水中荡潏。
猛虎立我前，苍崖吼时裂。
菊垂今秋花，石戴古车辙。
青云动高兴，幽事亦可悦：
山果多琐细，罗生杂橡栗；
或红如丹砂，或黑如点漆；
雨露之所濡，甘苦齐结实。
缅思桃源内，益叹身世拙。
坡陀望鄜畤，岩谷互出没。
我行已水滨，我仆犹木末。
鸱鸮鸣黄桑，野鼠拱乱穴。
夜深经战场，寒月照白骨。
潼关百万师，往者散何卒？
遂令半秦民，残害为异物。

杨　凝（？—803）字懋功，虢州弘农（今河南灵宝）人。大历十三年（778）进士，官侍御史，右司郎中，兵部郎中。

送客往鄜州

杨　凝

新参将相事营平，锦带骍弓结束轻。
晓上关城吟画角，暗驰羌马发支兵。

回中地近风常急，鄜畤年多草自生。
近喜扶阳系戎相，从来卫霍笑长缨。

杜　牧（803—852）字牧之，号樊川居士，京兆万年（今陕西西安）人，世称"小杜"。文宗大和二年（828）进士，官监察御史，吏部员外郎，中书舍人。有《樊川文集》传世。

三川驿伏览座主舍人留题
杜　牧

旧迹依然已十秋，雪山当面照银钩。
怀恩泪尽霜天晓，一片余霞映驿楼。

许　浑（？—858）　字用晦，润州丹阳（今江苏丹阳）人。大和六年（832）进士。官当涂、太平县令，监察御史，睦、郢二州刺史。有《丁卯集》行世。

献鄜州丘常侍
许　浑

诏选将军护北戎，身骑白马臂彤弓。
柳营远识金貂贵，榆塞遥知玉帐雄。
秋槛鼓鼙惊朔雪，晓阶旗纛起边风。
蓬莱每望平安火，应奏班超定远功。

韦　庄（836—910）字端己，京兆杜陵（今陕西长安）人。乾宁元年（894）进士，官唐左补阙，前蜀吏部侍郎、平章事。乾宁三年（896），客居鄜州。

丙辰年鄜州遇寒食城外醉吟七言五首

韦　庄

满街杨柳绿丝烟，画出清明二月天。
好是隔帘花树动，女郎撩乱①送秋千。

雕阴寒食足游人，金凤罗衣湿麝熏。
肠断入城芳草路，淡红香白一群群。

开元坡下日初斜，拜扫归来走钿车。
可惜数株红艳好，不知今夜落谁家。

马骄风疾玉鞭长，过去唯留一阵香。
闲客不须烧破眼，好花皆属富家郎。

雨丝烟柳欲清明，金屋人闲暖凤笙。
永日②迢迢无一事，隔街闻筑气毬声。

【注释】

①撩乱：今作缭乱。

②日：一作"昼"。

郑 玉 生平不详。

苇 谷[1]
郑 玉

水会三川漾碧波，雕阴人唱采花歌。
旧时白翟今荒壤，苇谷凄凄风雨多。

【注释】

①苇谷：清康熙《鄜州志》："苇谷，州南五里，今名苇子沟。"

宋

司马光（1019—1086） 字君实，山西夏县人。进士，庆历四年（1044）适延州。拜左仆射兼门下侍郎，封温国公，谥文正。著《资治通鉴》，有《司马文正公集》传世。

鄜州怀聂之美
司马光

何言内外家，忧患两如麻。
别泪行三岁，思心各一涯。
海边昏雾雨，塞外惨风沙。
安得云飞术，乘空去不遐。

蔡　挺（1014—1079）　字子政，应天宋城（今河南商丘）人。官管勾陕西河东宣抚机密文字、通判泾州，陕西转运副使、知庆州，枢密副使，谥敏肃。

保大楼①
蔡　挺

三川会合古鄜州，纡绂来宽宵旰忧。
静守化条无一事，东风独上夕阳楼。

【注释】

①保大楼：明弘治《延安府志》："在城内，即谯楼。唐建，州置保大军节度，故名。"蔡挺所建。《陕西通志》《鄜州志》误载作者为唐代武元衡，《资治通鉴》载僖宗中和二年（882）春赐鄜坊军号"保大"，而武元衡卒于宪宗元和十年（815）。

晁说之（1059—1129）　字以道，济州巨野（今山东巨野）人。官鄜州通判，秘书少监、中书舍人。

初至鄜州见月
晁说之

此是鄜州月，人间应更无。
欲垂清夜泪，桂影莫扶疏。

直罗县^① 三绝句

晁说之

萦回颉颃乱山阿，目眩心摇到直罗。
待得罗川平直处，晚来荀令恨如何。

人生不合出都城，百坂千坡异县情。
勃勃当年圣人道，如今狐兔不胜行。^②

羌管戎歌亦斗新，长官家势洛阳人。
相逢且觅山花好，莫话铜驼金谷春。^③

【注释】

①直罗县：隋筑直罗城，唐置直罗县，元至元四年
(1267) 撤。治所遗址在今富县直罗镇。

②作者自注："县有圣人道，乃赫连勃勃御路也。勃勃每
事必以圣称。"

③作者自注："史令君谟，洛人。"

三 川

晁说之

三川窈窕山隈隩，宜著狂歌老杜家。
辛苦寄书消息断，想渠涕泪问京华。

再至直罗
晁说之

百叠荒山人迹绝，饥肠寒色自徘徊。
多情只有谢康乐，美酒乐歌宁再来。

赠雷僧①（三首选一）
晁说之

留官莫去且徘徊，官有白茶十二雷。
便觉罗川风景好，为渠明日更重来。②

【注释】

①雷僧：作者自注"东晋雷处士。"

②作者自注："子点四明茶云：'直罗有此茶否？'答云：
'官人来，则直罗有'。十二雷，是四明茶名。"

鄜州上元
晁说之

酷爱鄜州月，真分紫府灯。①
月收烟荡漾，灯灺石棱层。

【注释】

①作者自注："郡有望仙宫。"

金

张公药 字元石，滕阳人（今山东滕州）。官郾城令。有《竹堂集》传世。

往鄜州
张公药

出门旋复入崎岖，行路真将蜀道如。
埽冻村童烧积叶，趁春田妇鬻新蔬。
雪花被岩中流黑，云气涵山众壑虚。
老子频年厌羊酪，故溪新绿正肥鱼。

路铎 字宣叔，冀州（今河北衡水）人。官陕西路按察副使，孟州防御使。

书州驿壁
路铎

雉堞俯已见，羊肠行尚难。
炊烟界沮水，老木识桥山。
時废无人吊，台高有鸟还。
客怀秋馆雨，未老鬓先斑。

明

金文徵　南直隶吴县（今江苏苏州）人。洪武四年（1371）任鄜州同知，官至国子监助教。

鄜州八景倡和[①]
金文徵

塔寺晨钟

颇类丰山道，晨幽响自深。
鸟翻霜月影，僧觉海潮音。
八郭催新曙，穿岩破积阴。
跫跫名利者，才听即掀衾。

圣佛晚照[②]

西山瞰东谷，欹日半峥嵘。
景逐鸦声急，秋随雁背明。
市喧知客散，树鬛见僧行。
顷刻疏钟起，丹青画不成。

仙台夜月

万响中宵夜，层台净景虚。
微飔绕到处，清露半垂初。
玉树歌能好，霓裳舞自如。

此中得真趣，明水在方诸。

莲池雨涨

翠盘鸣暂歇，新水乱轻沤。
月衬潘妃步，天浮太乙舟。
波心深碧吐，沙背浅痕收。
鱼出离茎刺，双双得浪游。

玉女垂杨③

翠盖仙家子，瑶池夜宴还。
倩谁开月镜，闲自掠云鬟。
影落澄清底，情牵便儇间。
却愁空谷冷，匎叶易凋删。

开元白松④

未闻墨化白，今此得观之。
应是水霜骨，能成铁君姿。
秦封那会染，丁梦更惊奇。
狮子林中月，同光夜不移。

谷口春桃⑤

出门皆胜赏，莫学避秦人。
细雨微微晓，娇花宛宛春。
红深添粉腻，白淡著蜡匀。
我是仙都客，重来觅旧因。

【注释】

①作者原序："州父老相传其地有八景之胜，披暑颇暇，聊与之观焉……作八景诗咏。"清康熙《鄜州志》存七。倡和，原文如此。

②圣佛：圣佛谷，亦名圣佛峪。清康熙《鄜州志》："圣佛谷，城东一里。"清康熙《延安府志》："圣佛晚照：在城东门外，山阿名圣佛峪。斜阳将没，则日色与水光相荡漾。"

③玉女：玉女泉。明弘治《延安府志》："在城西南二百步。"清康熙《延安府志》："玉女垂杨：在山城中阿，崖出石泉，传清水可照玉女洗盆，旁有垂杨影，题咏甚多。"

④开元：开元寺。清康熙《延安府志》："开元白松：北关山坡，唐建古寺，内有白松参天。"

⑤谷口：今富县茶坊镇花家庄。清康熙《鄜州志》："花家庄，州北四十里。"明代有桃林。

龟　山①
金文徵

城倚龟山对寿峰，丹崖翠色绕重重。
平原草树连苍峪，高岭云霞接粉墉。
东谷碧波千涧落，西岩爽气几山从。
却思韩范当年事，经略宜追百世踪。

【注释】

①龟山：明弘治《延安府志》："在城西，以形似名。"

圣佛谷

金文徵

圣佛岩前斜照红，看山人在画图中。
牛羊远下千寻坂，鹳鹤高盘九曲风。
欲放归舟歌浩渺，倦将长剑倚崆峒。
转头若问簪缨者，谁似檐前种菜翁。

玉女泉

金文徵

野客违野性，江湖行十年。
风涛千丈险，浑不似平泉。

张　著（约 1318—1377）　字则明，号永嘉子，温州平阳（今浙江苍南）人。洪武三年（1370）举人，官肤施知县。有《永嘉集》传世。

开元寺白松

张　著

叶堕银钗细，花飞香粉乾。[①]
寺门烟雨里，浑作玉龙看。

【注释】

　　①清康熙《鄜州志》"乾"作"寒"，此据《大明一统志》。

　　郑本立　浙江兰溪人。嘉靖二十六年（1547）丁未科进士，官巡按陕西监察御史，南京太仆寺少卿。

鄜州道中
郑本立

千里边城暮春游，晓寒犹着旧貂裘。
邮亭曙色催征盖，古道斜阳照戍楼。
塞外不传烽火报，城中堪唱太平讴。
飞鸿渐近榆关上，遥望长安天际头。

过小山岭①
郑本立

眇眇孤村起午烟，杨花飞絮落檐前。
寒流一曲澄如练，人掩柴扉当昼眠。

山夹清江不断流，匝江萝树隐沧州。
莺花亦到临边地，须信东风无尽头。

【注释】

　　①小山岭：清康熙《鄜州志》："小山岭，树林阴翳，有

淮南丛桂之致，在州西一百三十里。"今张家湾镇境内。

过河上原①

郑本立

活水溪东何处村，桃花柏叶映柴门。
千株古树罗岩壁，百尺危湍喷石根。

【注释】

①河上原：村名，旧名和尚原，今张家湾镇境内。

翟　瓒　山东昌邑人。正德九年（1514）甲戌科进士，官分巡河西道，巡抚湖广都御使。

羌 村

翟　瓒

老杜遗踪在，羌村吊古丘。
岔幽山鸟至，天回赤云收。
旅况一身计，诗名百代留。
间关行在日，岂是暮春游。

石　星　字拱辰，号东泉，大名东明（今山东东明）人。嘉靖三十八年（1559）己未科进士，官给事中，工部尚书，户部尚书，兵部尚书。

登柏山寺^①观唐文皇遗像有感

石　星

万丈孤峰锁翠烟，岩峣兰若出中天。
苔滋碣石难寻字，树老娑罗不计年。
邂逅自怜尘外迹，彷徨谁结静时缘。
文皇遗像空宫里，回首浮名益黯然。

山下溪声山上闻，孤松遥隔万重云。
可怜衣袂沾尘土，却羡袈裟远俗氛。
古佛尚存唐世像，残碑犹勒宋时文。
登临欲纵他乡目，漳水秦川路不分。

【注释】

①柏山寺：明弘治《延安府志》："柏山禅寺，在城西一百二十里。"清康熙《延安府志》："柏山秋声：在直罗川西，唐建古寺内古柏参天，苍古奇怪，四时如秋，风吹其叶，则淅沥有声。"

唐　龙（1477—1546）　字虞佐，号渔石，浙江兰溪人。正德三年（1508）戊辰科进士，官陕西提学副使，兵部尚书、总制三边军务，吏部尚书。

子午岭

唐　龙

岭名分子午，天险限西东。
剑阁千人废，吴山一箭雄。
云封关树黑，日出塞门红。
远道悲游子，壮颜成老翁。

梅柯岭①

唐　龙

山色依然在，梅花久已逋。
风流不可作，香影亦虚无。
海内诗名大，天边客兴孤。
荒祠残雪里，景物正模糊。

【注释】

①梅柯岭：作者原注"即杜甫游春处"。明弘治《延安府志》："在城西北三十里，世传即杜甫游春处"。

田　龙　字文明，直隶三河（今河北三河）人。正德三年（1508）戊辰科进士，官陕西布政使司右参议。

三川杜甫草堂
田　龙

问柳寻花为草堂，急呼村酒酹诗王。
乾坤无处容衰老，风雅何人到盛唐。
春雨三川驱瘦马，秋风一剑寄空囊。
鄜州旅食峥嵘日，南北音书共渺茫。

刘　仕　字以学，中部（今黄陵）人。正德十六年（1521）辛巳科进士，官刑部郎中，太仆寺少卿。

同王生游黑水寺①
刘　仕

黑水鄜名寺，吾徒共此游。
白猿出献果，青鸟鲜为俦。
云拥悬崖迥，溪迴古戍幽。
老僧一钵在，镇日不曾愁。

【注释】

①黑水寺：位于今张家湾镇。疑为寿峰寺，清康熙《鄜州志》："在州西一百二十里，黑水寨下。"

张 珩 字佩玉,山西石州（今山西离石）人。正德十六
年（1521）辛巳科进士,官巡按陕西监察御史,延绥巡抚、总
督三边军务。

早发隆益①夜宿直罗有感
张 珩

危石山盘路,寒云涧落泉。
花开红带雨,林合翠浮烟。
日落孤村外,僧来野寺前。
直罗明月夜,何处是南川。

【注释】

①隆益:明弘治《延安府志》:"隆益镇驿,在城西一百
二十里。"今张家湾镇境内。

陈 凤 字羽伯,号玉泉,应天上元（今南京）人。嘉靖
十四年（1535）乙未科进士,官陕西参议。

憩三川寻杜少陵遗墨
陈 凤

锦城曾上浣溪堂,此地来过迹已荒。
满壁龙蛇尚飞动,三川花鸟讵相忘。
李杜齐名元不忝,稷契许身谁谓狂。
万死间关赴行在,总令无益志堪伤。

大明嘉靖戊午年南都陈凤书

王崇古（1515—1588）　字学甫，号鉴川，山西蒲州（今山西永济）人。嘉靖二十年（1541）辛丑科进士，官陕西按察使，兵部右侍郎兼右佥都御史、总督陕西延宁甘肃军务，兵部尚书。有《公余漫稿》传世。

三川谷口读杜工部题刻识感

王崇古

工部昔避难寓三川，题联山壁云："长天夜散千山月，远水霞收万里云。"既奔行在，尚忆昔游，有"三川不可到"之什，石剥苔封，遗迹犹存。金陵友人陈羽伯刻诗石畔，寻即旅逝。王子读之而哀之，赋吊一首。

千山晴月古今同，万里归云涧壑空。
漂泊当年怜杜老，凄其异代忆陈公。
磨岩旧识山灵护，吊古新传①草圣工。
锦水泰山均羁旅，天涯千载一归鸿。

【注释】
①清康熙《鄜州志》"新传"作"传新"，疑有误。

余善继　字伯贤，四川长寿人。嘉靖十七年（1538）戊戌科进士，官廊州同知。

柏山寺
余善继

策马寻山寺，春城野望中。
双僧遥共语，一径绕鸣钟。
梵宇尘凡远，禅林色相空。
天涯萍梗客，对景倦行踪。

陈　棐　字文冈，河南鄢陵人。嘉靖十四年（1535）进士，官恤刑郎中，甘肃巡抚。有《陈文冈集》传世。

宿柏山寺
陈　棐

初秋凉雨歇，塔寺更清幽。
窗静无人话，灯孤有客留。
篆烟分晓雾，松韵合溪流。
北望龙华近，浑疑到帝丘。

冯舜渔　山西蒲州人。嘉靖三十二年（1553）癸丑科进士，官分巡河西道，陕西右布政使，都察院右副都御史巡抚延绥赞理军务。

柏山寺

冯舜渔

古寺凌空起，名山惬旧闻。
虎溪初涨雪，宝塔上垂云。
贝叶翻经午，炉香礼日曛。
都无尘俗到，莲社愿同君。

刘汝松　字贞吾，山东历城人。嘉靖二年（1523）癸未科进士，官延安知府。

柏山寺

刘汝松

灵山开净域，孤塔出高峰。
碧色千岩霭，秋声万树松。
名香散宝地，团日丽金容。
更欲乘危上，白云隔暝钟。

金禹绩　山西临汾人。举人，官鄜州知州。

石泓寺①

金禹绩

飞阁撑云栈，清泉绕茂林。
何年开石髓，长日照禅心。
贝叶横经案，幽禽杂磬音。
山僧无一语，应亦笑簪缨。

丹崖环碧水，宝梵倚苍峰。
暂憩双尘足，来看万壑松。
禅香浮篆案，仙籁伴晨钟。
翻羡幽人好，闲心契寂宗。

【注释】

①石泓寺：又名川子河石窟，位于富县直罗镇川子河北岸，依崖而凿。

田汝麟　顺天涿州人。嘉靖二十九年（1550）庚戌科进士，官延安知府。

寒食过葫芦河有感

田汝麟

葫芦河上逢寒食，立马荒城已暮春。
不为感时频怅别，只因吊古一沾巾。

桃红柳绿催诗急，云白山青入画新。
独有宦游人易老，天涯何事□惊神。

　　陈　烨　山东诸城人。嘉靖四十一年（1562）壬戌科进士，隆庆五年（1571）任延安知府，后升延宁兵备副使。清康熙《鄜州志》误作"陈华"，嘉庆《延安府志》误作"陈煜"。

赴任延安宿黄甫店[①] 书怀
陈　烨

　　一剑趋边地，孤村宿水涯。
　　塞云愁结惨，碛树暑方花。
　　危石叠飞磴，悬崖齐落霞。
　　扪天径宛转，探井涧交加。
　　魂断羊肠处，心伤雁足赊。
　　税车随暮雀，飞盖散晨鸦。
　　赤日垂藤远，黄尘驿路斜。
　　征衫钩枳棘，蓬鬓上泥沙。
　　褛襫凭谁道，酸辛只自嗟。
　　病来身似叶，愁起绪如麻。
　　樗散难酬国，萍漂莫问家。
　　中山昔画虎，上郡复从蛇。
　　熊轼还谁倚，龙韬且漫夸。

泥封雄志气，繻弃富年华。
烽火台仍在，要荒路易遐。
远田多种黍，近郭亦宜瓜。
郊野虽无垒，安危慎建牙。
三川握异域，五马愧当衙。
桑土及先雨，泥涂戒后车。
风云崇节制，斥堠浑窜洼。
刍饷勤区画，封疆削僭差。
玉关开户牖，金界净兼葭。
万里河源路，还看汉使槎。

【注释】

①黄甫店：今茶坊街道办黄甫店村。

王邦俊（1546—1616）　字虞卿，号壶岭，鄜州（今富县）人。万历二年（1574）甲戌科进士，官山东巡抚，都察院右监都御使。纂《鄜州志》。

谷口春桃

王邦俊

清流一曲泛桃花，山外茅檐四五家。
一自避秦逃世去，闲居终日卧烟霞。

任于宁　鄜州（今富县）人。鄜州州学庠生。

羌　村
任于宁

寂寞羌村路，少陵不复游。
客来山欲暮，人去水空流。
遗咏残碑在，寻幽古洞留。
悠悠无限意，俯仰已千秋。

王元寿　鄜州（今富县）人。鄜州州学庠生。

西山塔①
王元寿

塔势棱棱参碧天，清辉直与佛光连。
俯临大地山河壮，仰射长空日月悬。
洛水绕流谁饮恨，龟山高耸此回还。
千秋事业云霄外，为问高僧第一禅。

【注释】

①西山塔：亦称开元寺塔。相传唐尉迟敬德监修。开元二十六年（738）塔旁建开元寺，后塔以寺名。

清

耿应衡（1596—1657） 湖广黄安（今湖北红安）人。顺治三年（1646）任陕西布政使司右参议、分巡河西道。

春日鄜延道中
耿应衡

鄜月愁看两度春，寇歼此际计边巡。
石崖挂雪全欺日，河畔凝冰竟渡人。
稻播荒徼田界别，牛乘初霁穑功辛。
还矜雨足黄沙净，一任风吹未有尘。

杨素蕴（1630—1689） 字筠湄，一字退庵，陕西宜君人。顺治九年（1652）壬辰科进士。官通政司参议，湖广巡抚。有《见山楼诗文集》传世。

玉女泉^①
杨素蕴

杯光含霁日，柳色映清波。
花正留春住，吾今载酒过。
潇骚问逸响，慷慨发悲歌。
欢醉须倾倒，相看去日多。

【注释】

①清康熙《鄜州志》题为《春日同诸士饮玉女泉》,此据康熙《延安府志》。

赵廷锡　肤施(今宝塔区)人。顺治十八年(1661)辛丑科进士,官内阁中书,户部湖广司主事。

中秋寓鄜城忆子美句
赵廷锡

少陵今夜月,依然是鄜州。
光明同万古,人去几千秋。
霜露荒城冷,山河旧影浮。
无从问遗迹,犹幸有诗留。

齐大岳　字石君,鄜州(今富县)人。顺治年间(1644—1661)恩贡,官山西平定知州。

春日过花园庄①
齐大岳

寻春人已古,云岭忆孤踪。
为谢东风力,园花今又红。

【注释】

①花园庄:今富县茶坊街道办花家庄村。

杨抱醇　鄜州州学庠生。余不详。

玉女泉
杨抱醇

玉屑霏霏不断流，恍疑神女弄珠游。
月明人静方亭小，身到瑶台十二楼。

吴存礼　字谦之，号立庵，奉天锦州（今辽宁锦州）人。
康熙三十八年（1699）任延安知府。官山西冀宁道，江苏巡
抚。

过杜少陵宅
吴存礼

少陵忠义垂千载，避地仓皇寓此方。
拾橡负薪供孺子，麻鞋露肘谒君王。
荒凉屋宇三间小，光焰文章万丈长。
莫道沧桑存废址，胜如贾垒与刘墙。

范　俊　福建闽县人。康熙四十二年（1703）癸未科武进
士，官鄜州营守备。

西成归过永济桥①

范　俊

策马桥边正夕阳，川原禾黍晚风凉。
五年行役身如梗，万里归来鬓已霜。
岭背残云翻树紫，城根秋水带泥黄。
杜陵遗迹今何在，明月烟村草自荒。

几年戎马叹浮沉，白发犹存报国心。
自分尺鳞嬉勺水，敢希乔木荫千寻。
摇鞭莫笑无秦策，拥鼻何妨效越吟。
且喜年来清兴在，每逢山水一登临。

【注释】

①永济桥：清康熙《鄜州志》："石桥，在州北十五里。"

吴　瑞　江南南陵（今安徽南陵）人。雍正三年（1725）
任延安知府，雍正七年（1729）补礼部仪制司员外。

鄜州怀古

吴　瑞

鄜州一望远烟横，洛水河边感慨生。
杜老羌村留石屋，文公秦畤杳山城。
名人百代诗犹在，霸业千年事已更。
惟有古今同一调，杏花树上鹧鸪声。

张映辰（1712—1763）　字星指，号藻川，浙江仁和人。雍正十一年（1733）癸丑科进士，官提督陕西学政，兵部侍郎，左副都御史。

鄜州怀古

张映辰

梦绕黄蛇叶地符，三秦分裂属高奴。
草堂谁忆诗翁宅，故国曾传降将都。
万里城阴犹在望，百年民气已全苏。
停车恰值秋深后，山树樱桃叶未枯。

玉华峰好见崚嶒，洛水波流景自澄。
八骏周行临翟道，千年神爽护桥陵。
坊州地近连戎幕，广莫风多被绣塍。
香雾清辉怜夜色，乡心直与烂柯增。

缑山鹏　字息园，鄜州（今富县）人。乾隆十九年（1754）甲戌科进士，官广西容县知县，宁明知州。

奉和学宪钱塘张公鄜州怀古次韵

缑山鹏

梦里河山启瑞符，峕坛除后筑高奴。
曾联左辅分花县，会作雄藩障帝都。

尉郭勋名留碣垒，杜韦踪迹问樵苏。
游人爱咏羌村句，踏遍川原兴未枯。

当年建置倚峻嶒，水会三川一带澄。
北去诸峰连上郡，南来万壑拱桥陵。
金戈铁马无遗迹，碧藓苍苔有旧塍。
最是诗翁留寓处，草堂题和日新增。

杜薇之　号浣花，云南昆明人。嘉庆十四年（1809）己巳恩科进士，官榆林知府。有《浣花诗钞》传世。

开元寺白松

杜薇之

百尺崎岩巅，苍容不记年。
蛰龙疑蜕骨，辽鹤喜巢颠。
叶覆金人殿，根含玉女泉。
想当蛇畤日，植自帝坛边。

蒋湘南（1795—1854）　字子潇，回族，河南固始人。道光十五年（1835）举人，补虞城教谕。参纂《陕西通志》，有《十四经日记》《春晖阁诗钞》传世。

鄜 州 （四首选二）

蒋湘南

险控三边尾，盘从万岭尖。
地荒招客富，[1]城小受人严。
早麦能轻暑，淳风略近廉。
大观清静意，质胜亦无嫌。

入夜喧逾怒，三川气不平。
鬼神骄下峡，风雨暗吞城。
地僻寒深夏，云归候易晴。
少陵观涨处，代速若为情。

【注释】

①作者自注："客民代尽地力。"

谭 瑀　号石甫，广东南海人。道光八年（1828）任鄜州
州同，道光二十五年（1845）任吴堡知县。

羌村访杜工部故宅呈谢向亭、 徐穆园[1]
两先生 （和工部韵）（三首选一）

谭 瑀

莲歇池不芳，铜竭川如故。[2]
瑟瑟西风吹，历历北征路。

借问道旁人，指点池边树。
人代一何速，伤古煎百虑。
当年猛虎场，田庐今散布。
麦陇霭黄云，童叟忘征戍。
苍茫问古窑，父老不知处。③

【注释】

　　①谢向亭、徐穆园：谢向亭，名阶树，字欣植，号向亭，江西宜黄人，官翰林院编修充文颖馆协修，提督湖南学政。徐穆园，名效陵，号穆园，朝邑（今属陕西大荔）人，道光三年（1823）任鄜州儒学训导。

　　②作者自注："出北门循采铜川西北行三十余里，即为羌村，路经莲花池。"

　　③作者自注："志载羌村有杜公窑，土人堙之，今不能确指其处。"

　　谭　麟　字西屏，安徽旌德人。约同治八年（1869）任鄜州军职，官西安知府。

鄜州竹枝词

谭　麟

抱城洛水响汤汤，雨涨三川势更狂。
天意教人成利济，沿河十月尽水梁。

　　　　　　　　　（鄜属三川之水均会于洛）①

观音楼耸丽朝暾，玉女泉清水不浑。
涓滴竟能沾润遍，大家饮水要思源。

（城中观音、玉女二泉皆自石罅流出，阖城仰之以汲）

杜老羌村艳草堂，谁知土窟竟全荒。
多情剩有鄜州月，照到离人总断肠。

（羌村杜公窑湮没已久）

尘玉亭荒岸柳低，郊原一片草萋萋。
香魂不见红儿反，愁听城乌夜夜啼。

（唐罗虬《比红儿》诗有"玉落尘中花堕泥"，宋人因建
"尘玉亭"于州北）

清明恰值艳阳天，新旧坟头挂纸钱。
处处隔墙闻笑语，家家院落试秋千。

（鄜俗，以清明日，妇孺均试秋千以祛疾）

开元寺废塔无尖，宝室神钟气象严。
千载坊州余古迹，留传远近作观瞻。

（开元坡侧有砖塔，为尉迟敬德监修。唐宝室寺钟，宋置保
大军，悬城南门，今尚存）

丧礼亲疏制不同，本宗远近辨期功。
如何内外无分别，一例三年白布蒙。

（鄜俗，丧服最重，男子为期功，叔伯以白布制冠、履三年；女子为外家父母叔伯，亦蒙白布三年）

汉家牛武本平川，一带桑麻好弄田。
雨涨山溪喧水碓，泥人风景似江天。

（牛武城，汉将董翳筑）

妾家近住相思铺，郎意何如消散坡。
未及成童竟婚嫁，不教金线恨蹉跎。

（民间嫁娶男女，率皆十三四即成婚配。相思铺在州东三十里，消散坡城东北十里）

于归眷属说遨游，马上罗裙赛紫榴。
三尺青纱牢记取，要他障面又笼头。

（俗称"归宁"曰"遨娘家"，妇女乘马始着裙，必笼障面纱，犹古制焉）

【注释】

①句末括号内为作者自注。

李嘉绩（1844—1908）　字云生，号潞河渔者，原籍直隶通州，成都人。监生，光绪十六年（1890）二月到光绪十七年（1891）八月署保安知县。著有《榆塞纪行录》《代耕堂杂著》《代耕堂诗稿》等。

鄜州道中

李嘉绩

晨风侵古道，春气忽萧森。
大野盘雕迴，重关阻雁深。
断云依塞上，哀角入雕阴。
去去嗟寥落，难为远客心。

光绪十一年（1885）

茶房村①

李嘉绩

雀噪羌村访未能，乱山深处雪崚嶒。
乡人不读诗千首，寂寞当年杜少陵。

光绪十一年（1885）

【注释】
　①茶房村：今茶坊村，位于富县茶坊镇。

现　代

林伯渠（1886—1960）　原名林祖涵，湖南临澧人。曾任陕甘宁边区政府主席，全国人大常务委员会副委员长。出版有《林伯渠同志诗选》等。本书诗录自中国青年出版社 1980 年《林伯渠同志诗选》。

咸榆道中即景（二首选一）

林伯渠

车过交道镇，气象便清新。
小米繁珠粒，大麻裹茨针。
人争阓市集，歌展国旗升。
海内风尘阔，伊谁奠太平。

1940 年 10 月

巡视甘泉鄜城延川等县途中即景

林伯渠

宝室寺铜钟

霜笼鄜畤月如钩，[①]玉女泉清水自流。
宝室钟声依旧在，[②]千年余韵想唐初。

杜工部遗居羌村

沧桑洛水毁鄜城，沟洫于今尚纵横。
落落诗魂千古在，我来何处访羌村？③

茶坊新市场

翻新市集辟茶坊，拥抱三川汇万商。
半面乡村风俗古，斜阳影里下牛羊。

军民晚会

晚会军民真自由，半招野老半趄趄。
英雄故事皆称道，风雪漫天《打虎沟》。④

太乐区⑤

原如五指向南伸，长护边陲靖寇氛。
古驿斜阳夕照里，经冬翠柏尚森森。

张村驿

长流清湍葫芦河，好似江南风景多。
愿效李冰兴水利，桑麻万顷并嘉禾。

1941 年 12 月

【注释】

①作者自注："春秋时，秦文公祭天处，在鄜县。畤是祭天的基址。"

②作者自注："宝室寺为唐初所建。寺有铜钟，悬于旧城一角城楼上，重六千斤。钟上花纹字迹完整，镌有'贞观三年铸造'字样。"

③作者自注："羌村在鄜县，杜甫家属避安史之乱住此。"

④作者自注："《打虎沟》，是当时演出的节目之一。"

⑤太乐区：1940年陕甘宁边区划编鄜县为10个区，其中太乐区驻地羊泉。

陈迩冬（1913—1990）　广西桂林人。曾任山西大学教授，人民文学出版社古典文学编辑，民革中央委员。出版有《陈迩冬诗文选》。

临江仙

陈迩冬

过鄜县茶坊，得酒食甚美，薄醉，遐想成词。

遥想鄜州归杜老，迎门儿女惊欢。夫人临夜治盘餐。烛辉摇玉臂，蒸气湿云鬟。

更向茶坊沽凤酒，镜中朱了苍颜。深宵夫妇话开元。宁知千载后，百倍舜尧天。

1961年

壮阔壶口　先贤遗风

宜川县

　　宜川地处陕西省北部，延安市东南部。春秋为白狄地，战国为定阳邑属上郡。西魏置义川县设汾州，废帝三年（554）改汾州为丹州。唐改丹州为咸宁郡。五代废咸宁县入义川县。宋太平兴国元年（976），改义川县为宜川县，属丹州辖。元时并丹州入宜川，属延安路；明、清隶延安府。大禹治水，既载壶口，世界唯一的金黄色大瀑布黄河壶口瀑布位于县东晋陕大峡谷古今盛赞，佳作盈千。景点星罗棋布，以蟒头山、盘古山为代表的山水风光资源，以丹州古城、云岩古镇、石堡寨及传统农耕文化村落为代表的历史文化资源，独具特色，令人神往。文化底蕴深厚，境内流传着盘古卜婚、大禹治水、女娇望夫等动人传说；北宋名儒胡瑗、张载曾在此传道授业，教化民众，被后世誉为"安定流韵""横渠遗风"，陕北文化史上自古就有"文出两川"之说，宜川即一也。唐将浑瑊分封此地，忠武王墓题咏不绝。抗日战争时期第二战区司令长官部驻节秋林，已成重要的抗战遗迹。清康熙《延安府志》载宜川八景，即圣水垂虹、云岩叠翠、凤翅晨烟、虎头夜月、丹岭秋容、莲池春涨、石台钟声、仙观水色。

明

曹　琏　字廷器，湖广永兴（今湖南永兴）人。宣德四年（1429）解元，官陕西按察副使，擢大理少卿参赞延绥军务。

过宜川偶成
曹　琏

溶溶二水会宜川，景物依稀尚昔年。
凤翅千寻凌碧汉，云岩万丈挂寒泉。
关临马斗烟横塞，渡过乌仁月满船。
最好城南忠武记，令人读罢思悠然。

薛　瑄（1389—1464）　字德温，号敬轩，山西河津人，世称"薛河东"。永乐十九年（1421）辛丑科进士，官大理寺少卿，礼部右侍郎兼翰林院学士，诏赠礼部尚书，谥号"文清"。有《读书录》《河汾诗集》传世。

题浑瑊祠[①]

薛 瑄

将军遗庙依山坡，匹马东来始一过。
泱泱庭前泉乱泻，嘤嘤林外鸟争歌。
云台遗像何时灭，汗简勋名永不磨。
堪羡夷人存大节，中华冠盖果如何。

【注释】

①清乾隆《宜川县志》有作者《题浑王祠》："将军遗庙依山坡，匹马东来始一过。瀎瀎庭前泉乱泻，嘤嘤林外鸟争歌。云台画像几时灭，汗马勋名永不磨。堪美外藩存大节，中华冠盖果如何。"此据明弘治《延安府志》。

许用中 山东东阿人。嘉靖二十三年（1544）甲辰科进士，官山西参议。清乾隆《宜川县志》："隆庆初谪戍延安，常寓于宜。"

谒浑王庙[①] 二首

许用中

忠武祠堂照宇寰，牡丹城外虎貔关。
唐家社稷中兴运，汉代君臣一体间。
近倚星辰开洞壑，遥看日月走潺湲。
怀光朱泚俱尘土，谁谓英雄有愧颜。

凤凰山上麒麟阁，三百年间早著勋。

铁勒姓系忠武部，吐蕃名配子仪军。

旌旗闪映生前日，草树萦纡战后云。

老我今为漂泊客，只余涕泪落缤纷。

【注释】

①浑王庙：即忠武王祠。清乾隆《宜川县志》："宜川县治东凤翅山之阿，有庙祀唐咸宁忠武王。"浑瑊（736—799），出自铁勒九姓中浑部，唐代名将，谥号忠武；宜川属丹州咸宁郡，为其封地。

蔡　祯　环县人。景泰年间（1450—1457）解元，官宜川训导，广东盐课司提举。

八景总题

蔡　祯

遥望云岩叠翠浓，漫惊圣水驾垂虹。

莲池春涨霞烘锦，丹岭秋容露滴红。

钟动石台声隐隐，水澄仙观色潋潋。

虎头夜月初沉处，几缕晨烟凤翅笼。

李炯然　山东蒙阴人。成化九年（1473）官户部郎中。

过云岩①

李炯然

旧日云岩县，名更迹尚存。
山城三面水，土产数家村。
桑枣青连野，蘼芜绿到门。
民淳无外慕，耕织长儿孙。

【注释】

①云岩：位于县城西北 40 千米。西魏大统十三年（547）置云岩县；北宋熙宁七年（1075）并入宜川县。

②此据明弘治《延安府志》。清乾隆《宜川县志》另存《过云岩怀张横渠》："旧日云岩县，名贤迹尚存。山城三面水，土屋数家村。桑枣青连野，蘼芜绿到门。民淳无外慕，耕织长儿孙。"作者薛刚，明代御史，并录和诗数首。张横渠，即张载（1020—1077），字子厚，陕西眉县人，人称横渠先生，曾任云岩令，祀宜川名宦祠。

李延寿　济南府新城（今山东桓台）人。成化五年（1469）己丑科进士，弘治八年（1495）任延安知府，官河南右参政。修《延安府志》。

宜川即事
李延寿

郡地风烟此最奇，满前诗景喜留题。
高低禾黍青连野，远近园林绿映溪。
羊度层冈随地牧，鸟飞深坞傍花啼。
肩舆转陟峰头路，云外人家俯视低。

陈维藩　山西吉州（今吉县）人。正德三年（1508）戊辰科进士，官户部郎中。

壶口秋风①
陈维藩

碧空昨夜度宾鸿，壶口波兮思禹功。
一水中分秦晋异，两山傍峙古今同。
秋风卷起千层浪，晓日迎来万丈虹。
八载勤王方奏绩，凿成天险壮河东。

【注释】
①壶口秋风：宜川、吉县均作古代八景之一。

马中锡（1446—1512）　字天禄，号东田，祖籍大都，北直隶故城（今河北故城）人。成化十一年（1475）乙未科进士，官陕西督学副使，右都御史。有《东田文集》传世。

宿云岩邮亭
马中锡

万叠①青山晚望通，数家鸡犬一村同。
溪桥自②过莓苔滑，野径秋深枸杞红。
薄宦已谙分陕路，清时体访避秦翁。
悠然忽感当年事，曾拜金门夕照中。

【注释】

①叠：清乾隆《宜川县志》作"垒"。此据明弘治《延安府志》。

②自：清乾隆《宜川县志》作"雨"。此据明弘治《延安府志》。

张邦教 山西蒲州人。正德十二年（1517）丁丑科进士，官陕西左参政，陕西按察使。

次薛刚《过云岩怀张横渠》韵
张邦教

云岩寻古迹，文献慨何存。
骏马嘶槐里，青旗出杏村。
轻寒犹拂面，新张欲侵门。
野复无他事，嘻嘻抱子孙。

刘子诚　字伯明，宜川人。嘉靖四十三年（1564）举人，未仕。

壶　口
刘子诚

西出昆仑东入瀛，悬流喷壁泻瑶琼。
涌来万岛排空势，卷作千雷震地声。
映日红霞浮瑞马，满天风雨起神鲸。
奔腾今古宣元气，圣主当阳正待清。

温　纯（1539—1607）字希文，陕西三原人。嘉靖四十四年（1565）乙丑科进士，官左都御史，工部尚书。有《温恭毅公文集》《二园诗集》传世。

怀张横渠先生及后令张绎、张伦①
温　纯

贤令曾闻尽姓张，不须汉代数龚黄。
羡来树老枝枝古，去后残碑字字香。
野有桑麻延恺泽，心甘冰蘖颂循良。
属延邑里萧条甚，宁为山城始感伤。

【注释】

①张绎、张伦：明代宜川知县，有政声，县志列"名宦"。

张尧辅　宜川人。隆庆四年（1570）举人，官山东日照知县，直隶滦州知州。

张横渠祠

张尧辅

先生优入圣之门，一令云岩迹尚存。
遗得桑麻传父老，沿来孝弟教儿孙。
学宗正脉承先哲，书著西铭启后昆。
庙貌巍峨松桧拱，过游自致万年尊。

惠世扬　陕西清涧人。万历三十五年（1607）丁未科进士，崇祯元年（1628）年任刑部左侍郎。

壶　口

惠世扬

源出昆仑衍大流，玉关九转一壶收。
双腾虹线直冲斗，三鼓鲸鳞敢负舟。
桃浪雨飞翻海市，松崖雷起倒蜃楼。
鳌头未可寻常钓，除是羽仙明月钩。

游牛心山①

惠世扬

牛心突起阁楼前，舞凤回鸾势蔚然。

峡束云岩苔径断，霞收石堡②雨痕鲜。

老来拟泛河东棹，兴尽愁看塞北烟。

载酒丹阳思更远，杞人何事独忧天。

【注释】

①牛心山：位于县东，清乾隆《宜川县志》："紧连石堡，云岩河环绕四面，今修为砦。"

②石堡：位于县东，清乾隆《宜川县志》："黄河流其东，云岩河绕其西南北三面，山壁立如削，今修为砦。"

张应春　陕西华州（今渭南华州区）人。万历四十二年（1614）任山西吉州（今吉县）知州。

壶口秋风

张应春

飒飒金风动，凝凝玉露清。

壶山木叶下，洪水波涛惊。

冷透白蘋岸，寒侵红蓼汀。

禹功疏凿后，千载仰成平。

孟门夜月①

张应春

苍盖横银汉，翠峰挂玉盘。
林疏光皎皎，浪静影团团。
耿耿冰轮满，迢迢白练寒。
素娥离桂殿，玩水更游山。

观壶口

张应春

星宿发源自碧空，凿开壶口赖神功。
吐吞万壑百川浩，出纳千流九曲雄。
水底有龙掀巨浪，岸旁无雨挂长虹。
朝奔沧海夕回首，指顾还西瞬息东。

【注释】

①孟门夜月：宜川、吉县均作古代八景之一。

曹徵庸　浙江平湖人。万历二十九年（1601）辛丑科进士，官山西汾州知府。清乾隆《宜川县志》："降宜川典史。"

九日燕集郎山①

曹徵庸

黄花高会与秋逢，坐拂闲云小院东。
万里家沉烟水外，百年身落酒杯中。
轻阴冉冉连残照，历思绵绵接去鸿。
怪得近来潦倒甚，新诗无复建安风。

【注释】

①郎山：即七郎山。清康熙《延安府志》："在县南，为县主山。旧传宋将杨业之子七郎屯兵筑城，地势险阻。"

张允祥　宜川人。崇祯三年（1630）举人，未仕。

游浑王祠

张允祥

最胜东山阿，参差多古木。
中有浑王宫，密阴更幽穆。
一泉洌且甘，闻每应雩祝。
就之镜其清，空寒逼我目。
念昔报国心，同者今为谁？
歌功人代非，于碣惟三复。

次薛刚《过云岩怀张横渠》 韵

张允祥

过此怀前哲，遗风尚有存。
菜花飞旧圃，榆荚落荒村。
北望山连郭，南来水界门。
民今勤本业，曲簿卧蚕孙。

杨汝业 肤施（今宝塔区）人。清乾隆《宜川县志》：
"尚书杨兆次子，官锦衣同知，被籍侨于宜，遂家焉。"

浑王庙次韵

杨汝业

浑耶部曲最称强，有唐再造忠武王。
祠宇森森坐青野，英风凛凛千载下。
林响疑是宝刀鸣，岩啸犹如嘶战马。
娟娟新月肖弯弧，想象扬鞭上帝都。
立意从知超卫霍，勒勋故不让孙吴。
翠华西幸散缇骑，奉天赖有将军至。
师出每捐刁斗声，凯奏常闻朱鹭鸣。
铁勒三千皆壮士，蛇矛八丈敢横行。
迄今血食丰于后，异代仰之若山斗。
阶下清泉万古明，门前蓊郁树株柳。

绕朝赠策今伊谁，游人共说鹰扬时。

我固醉狂无赖客，婆娑浪和达夫诗。

赵　谟　宜川人。贡生，官平凉训导。

壶　口
赵　谟

声若奔雷气若霓，濛濛如雨共沾襟。

悬开蛟窟多惊目，断辟龙关倍骇心。

高浪兼天星海阔，洪波翳日孟门[1]阴。

当年疏凿劳神禹，庙倚东山桧柏森。

【注释】

①孟门：清乾隆《宜川县志》："在县东北一百里黄河中，任水涨滔天，终不能没。前郡守徐洹瀛镌'卧镇狂流'四字于其上。"

张周祜　山西吉州（今吉县）人。

孟门夜月
张周祜

峨岗矗矗水洋洋，银汉横空夜未央。

河底有天涵兔影，山间无物掩蟾光。

清辉厚积千林雪，寒气轻飞九陌霜。

因甚孟门开宝镜，姮娥向晚理残妆。

清

南　鹏　陕西人。康熙七年（1668）任山西吉州（今吉县）知州。

观壶口

南　鹏

大禹开天手，先从壶口闻。
收来一曲水，放出半天云。
浪怒山林乱，光寒肌骨分。
凭虚频眺望，秋气共氤氲。

观孟门山

南　鹏

闻说孟门小，来看大似拳。
生成书案景，拟在画图悬。
丹化神仙迹，龙潜吐怪涎。
敢同银汉使，毋谓犯星躔。

陈于王　会稽人。

观壶口
陈于王

黄河之水自天来，天使鸿濛命禹开。
壶内鱼龙随势入，沙边鸾鹤听涛回。
山分秦晋当婚嫁，浪叠云霞任剪裁。
我欲乘槎探星宿，登临长啸几徘徊。

观孟门
陈于王

孤峰独立是何年，想凿云根剩双拳。
南接龙门千古气，西①牵壶口一丝天。
暗岚饮日当波出，怒水呼风抱浪眠。
非是无缘人不到，此中只可息飞仙。

【注释】
　①西：疑为作者误，壶口在孟门之北。

甘国基 汉军正蓝旗人。康熙二十七年（1688）任山西太原知府，升河南布政使。

壶 口
甘国基

壶口深山里，神功不可侔。
浪花喷五色，湍势吼千牛。
风过龙飞沫，云来蜃结楼。
遐荒留禹泽，万古向南流。

吴 瑞 江南南陵（今安徽南陵）人。雍正三年（1725）任延安知府，雍正七年（1729）补礼部仪制司员外。

宜川谒忠武王祠
吴 瑞

忠武祠堂驻马过，门前杨柳绿婆娑。
人从浑部麟经熟，庙立丹州俎豆罗。
二帝春深荣节钺，两京克复壮山河。
宝刀战马无从见，剩得英名伟绩多。

李大椿　陕西武功人。举人。

冬日过宜谒许观察

李大椿

雪满羊裘渡大河，梅花曙色奈行何。
百年燕市逢人醉，今夜鄜州看月歌。
细路高原催匹马，红云绿酒解双蛾。
邦君好义能留客，洛水沙边有雁过。

吴　炳　字蔚昭，别号考园、韬园，江西南丰人。乾隆二年（1737）丁巳恩科进士。任宜川知县，官至山西平定直隶州知州。纂修《宜川县志》。

壶　口

吴　炳

闻说导河经始地，当年疏凿半留痕。
四时雾雨迷壶口，两岸波涛撼孟门。
官阁卧游劳想象，清宵坐对悸心魂。
村氓不解尊神禹，冷落虚岩破庙存。

轰雷掣电信奇观，薄领羁人乍一看。
信有舳舻行陆地，[①]岂无蛟蜃喷惊湍？

筹边转粟传疑久，烧尾登门上沂难。
却怪前贤题咏少，英灵埋没起长叹。

【注释】

①清乾隆《宜川县志》："上流舟航至此，必拽登岸，推挽陆行，十余里始复入于河。"

吴聘九（1780—1844） 安徽泾县人。道光年间（1821—1850）任山西吉州（今吉县）知州。

壶　口
吴聘九

劈凿壶山口，神奇建禹门。
虹光惊乍吐，水国竟全吞。
风送黄龙入，天随白浪翻。
涵空能蓄势，倒泻若倾盆。
两岸分秦晋，中流听鹤猿。
星槎如可乘，我亦欲寻源。

龙门飞桥①
吴聘九

闻说前元事，桥成铁索缠。
高疑凌汉户，下直俯渊泉。

万马腾空际，全军济大川。
当今文盛世，石孔尚依然。

【注释】

①作者自注："壶山峡上，元末于石岸凿孔树桩，往返缠以铁索，上驾板桥以渡大兵。"

刘龙光　举人，道光年间（1821—1850）任山西吉州（今吉县）知州。

咏壶口

刘龙光

黄流滚滚入壶中，九折波澜此地雄。
禹治功成留缺陷，往来舟楫一时穷。

咏壶口

刘龙光

渴马奔泉近，山雷震谷声。
入中不见出，忽有云烟生。

葛临洲　山西吉州（今吉县）人。廪生。参修《吉州全志》。

壶口秋风
葛临洲

万里洪流声怒号，天开一堑势雄豪。
旅船横岸秦关远，征雁排空晋岭高。
壶口山边风飒飒，孟门石下浪滔滔。
丹崖翠壁环如堵，直欲樵渔傍水涛。

刘庭辉　山西吉州（今吉县）人。贡生，官候铨训导。参修《吉州全志》。

孟门夜月
刘庭辉

宝月高悬照素秋，何人乘兴孟门游。
洪涛万里金波涌，白浪千层玉垒浮。
水色空明分两岸，山形荡漾在中流。
遥知此夜风帆利，几度仙槎泛斗牛。

白汝骥　山西吉州（今吉县）人。廪生。参修《吉州全志》。

壶口秋风
白汝骥

万籁归壶口，秋风挟怒涛。
河流千里急，风助一帆高。
地险船头转，山深浪自淘。
浮槎①仙路近，天汉接梁濠。

【注释】
①槎：清《吉州全志》作"楂"，疑有误。

孟门夜月
白汝骥

好月当空泻素秋，孟门终古枕横流。
琼山远望浮仙岛，玉宇澄辉拥幼楼。
顾兔光含孤屿白，灵鳌影戴半峰幽。
蓬莱此去无多许，只待天风为引舟。

孟门夜月
白汝骥

万古涛难尽，中流自在悬。
一轮山独立，孤照月常圆。

玉宇寒留影，银河望欲仙。
蓬瀛今咫尺，归棹问成连。

崔光笏　字正甫，号蕙田，山东庆云人。道光九年（1829）己丑科进士，官乡宁知县，云南粮储道加按察使。

壶　口
崔光笏

道光丁酉季春，因公至吉，润峰刺史款留。越日游壶口，时黄河解冻，白浪翻空，远望如云烟喷吐，洵巨观也，成七律一首。

禹功疏凿最先经，一线奔流若建瓴。
石堑横分薄烟雾，天瓢倒泻吼雷霆。
昆仑水激千寻白，秦晋山分两岸青。
过此扁舟容破浪，挂帆我欲济沧溟。

柴　海　山西吉州（今吉县）人。廪生。参修《吉州全志》。

孟门夜月
柴　海

岩岩一岫镇中流，览胜偏宜月下游。
点破龙门三级浪，接来壶口几分秋。

翻疑晓雪余前面，不见纤云翳上头。
皎皎清光留永夜，选幽端不逊瀛洲。

樊增祥（1846—1931）　字嘉父，号云门，一号樊山。湖北恩施人。光绪三年（1877）丁丑科进士，官宜川知县、陕西布政使。著有《樊山集》。

饮圣泉① 示客（二首选一）
樊增祥

一段琉璃彻底清，汲来犹似在山林。
平生风味疏于酒，评水观茶养道心。

【注释】
①作者自注："泉在宜川县东十里凤翅山上。"

晓起即事
樊增祥

青山绕县城，楼上见春耕。
雨后诸花色，天明百鸟声。
焚香官牍少，来蝶讼堂清。
不识督邮贵，经时罢送迎。

秋林寺二首

樊增祥

三五人家倚碧峰，自临清水照尘容。
谁能抛却公家事，卧听秋林寺里钟。

突兀何年寺，深山此数楹。
日中林幄暖，雨后水帘清。
败庑仍金象，流尘满铁橾。
行舆置笔札，随处记村名。

夏日早起行县

樊增祥

楼堞明朝霁，骖骓度早凉。
露崖松菌白，风路枣花香。
村落才炊黍，山田半破荒。
石林聊可憩，酌水试茶囊。

宫尔铎　字农山，安徽怀远人。官宜川知县，延安知府。

宜川道中
宫尔铎

叠嶂路盘屈，攀援仆隶愁。
阴崖挂冰柱，土室没榛楸。
飞雨长河疾，悲风落日遒。
残黎尚余几，驻马问荒陬。

宜川县感事
宫尔铎

群峰如聚米，作势围周遭。
城小已半颓，附郭多蓬蒿。
贼去民未苏，十室九遁逃。
缧绁气惨凄，余痛犹呼号。
孑遗等晨星，朘削尽脂膏。
愧无鸾凤德，化此贪狼饕。
抚事三太息，恻然心为劳。

现 代

于右任（1879—1964） 陕西三原人。曾任陕西靖国军总司令，国民政府监察院院长。出版有《右任诗存》等。

夜宿宜川读县志
于右任

盈野荨麻欲刺天，孤城小住日如年。
将军族贵分茅土，公主园荒税粉钱。
要塞空闻屏上郡，黄河多事下三川。
七郎山上凄凄月，独照愁人夜不眠。

1918 年

阎锡山（1883—1960） 山西五台人。曾任第二战区司令长官，国民政府行政院长兼国防部长。出版有《阎锡山日记》。

民国二十八年一月二十七日日记①
阎锡山

集训军官借秋林，②再渡桑柏③一宿营。
沿岸工事甚坚固，敌欲飞渡万难行。

【注释】

①题目为编者所加。

②秋林：民国《宜川县志》载："县东三十里。民国二十七年，第二战区司令长官率部驻节，构筑四周围堡，改名'兴集城'。"

③桑柏：今壶口镇桑柏村，傍黄河。

沿黄河西岸行有感

阎锡山

水波若世波

一波流去一波推，波波相继不复回。
有数英雄随波去，无数英雄逐波来。

渡船中

来回两渡小船窝，抗敌战争若此波。
前波涌来后波继，四万万人畏敌何！

1938 年 4 月 15 日

黄河东岸经壶口

阎锡山

远瞭黄河水气蒸，近闻如雷瀑布声。
询问引路名何是？龙王辿①下壶口称。

水中冒烟旱行船，壶口瀑布古奇称。
坎深九里十八丈，如雷声音不断听。

1938 年 4 月 15 日

【注释】

①龙王迪：当地人称壶口瀑布。

钱来苏（1884—1968） 浙江杭县人。曾任陕甘宁边区政府参议，中央文史馆馆员。出版有《孤愤草初喜集合稿》。

秋 林
钱来苏

秋林原上月轮高，水绕荒村带一条。
错认层楼灯火灿，分明土穴叠山腰。

1940 年

月下登神坛寺^①远眺
钱来苏

扶节晚上古招提，绿卷平畴麦浪齐。
一水潆洄明月碎，自云环压远山低。
碣头箔动声何急，林际灯摇影欲迷。
夜色苍茫人语寂，村龙迎吠小桥西。

1941 年

【注释】

①神坛寺：在宜川县秋林。

牡丹洲
钱来苏

昔人艳说牡丹洲，今日花空水自流。
尽有残山供涕泪，更无佳卉足淹留。
莺啼暗逐韶光老，蝶梦寒惊故国秋。
欲挽香魂迷处所，绛云起处忍凝眸。

1942 年

林默涵（1913—2008）　福建武平人。曾任中共中央宣传部副部长兼文化部副部长，中国文联党组书记、执行副主席。出版有《林默涵文论集》等。

观壶口瀑布
林默涵

黄河壶口瀑布，在山西吉县与陕西宜川之间，激流澎湃，声震数里，极为壮观。一九八四年九月，与友人结伴往游，兴而吟此。

如云飞沫湿衣襟，壶口惊涛落万钧。
风华已杳惭夙志，涓埃安得报斯民？
后波赴海超前浪，老叶成泥育幼林。
钝剑不铦甘直折，逐流犹胜曲柔绳。

宫葆诚（1906—1995）　山西神池人。曾任中国书法家协会会员，陕西省书法家协会副主席。

壶口观瀑
宫葆诚

大河滚滚来，一泻何其速。
訇若巨雷鸣，壮哉壶口瀑！
近临黄雨飞，俯视惊涛逐。
禹迹著神功，导河奠九牧。

周　涛（1946—）　祖籍山西，1955年迁居新疆。曾任新疆军区创作室主任，新疆文联名誉主席、作协名誉主席。出版有《神山》《游牧长城》等。

壶　口①
周　涛

黄河到此一声吼，万里烟尘一壶收。
巨灵神又入魔瓶，八阵图重张虎口。
过关兵将浪挤浪，逃难流民头碰头。
大禹缘何出此计？缚得黄龙哭未休。

【注释】
①题目为编者所加，选自《游牧长城》篇同题散文。

丁　芒（1925—）　江苏南通人。中国散文诗学会副主席，中国作家协会会员。著有《丁芒新诗选》《苦丁斋诗词》等。

壶口行

丁　芒

壶口深湫千尺寒，波涛奔突势如山。
踊身一撞东南折，狂吼三声过大关。

夹岸青山闲不住，输肝沥胆表殷勤。
一泓巨瀑惊天下，半壁河山侧耳听。

胡　绳（1918—2000）　江苏苏州人。曾任中国社会科学院院长，全国政协副主席。出版有《胡绳诗存》等。

壶　口

胡　绳

黄河天下险，壶口最惊人。
飞瀑摇天地，涛声泣鬼神。

1993 年 6 月 3 日

鄜畤故地　大塬果乡

洛川县

　　洛川县位于陕西省中部，延安市南部。周为白狄地，秦设鄜畤，汉隶左冯翊，新莽改为修令县，东汉归并定阳。后秦置洛川县。北魏隶属敷城郡。唐至清洛川县属鄜州。民国24年（1935）设第三行政督察区，专署驻洛川。1948年隶陕甘宁边区政府黄龙分区，1950年改归陕西省延安分区。洛川拥有黄土高原面积最大、土层最厚的塬区，建有黄土国家地质公园。地处关中和陕北过渡地带，形成以洛川会议纪念馆为主题的红色旅游，以黄土国家地质公园、民俗博物馆、民俗度假村为特色的黄土风情旅游。洛川是举世公认的苹果最佳优生区，洛川苹果驰名天下。文化积淀深厚，烂柯山、甘罗墓、白起庙等美妙传说流传久远，鄜畤、鄜台、万凤塔、刘琦墓及开抚古城、旧县故城等遗迹历经沧桑。清康熙《延安府志》载洛川二景，即西郊莲馥、仙石松花。

唐

陈　润　苏州人。约大历七年（772）卒于鄜城县令。

赋得浦外虹送人①
陈　润

日影化为虹，弯弯出②浦东。
一条微雨后，五色片云中。
轮势随天度，桥形跨海通。
还将饮水处，持送使车③雄。

【注释】

①清嘉庆《洛川县志》题为《浦外虹》，作者"陈闰"。
②出：清嘉庆《洛川县志》作"洛"。此据《全唐诗》。
③车：清嘉庆《洛川县志》作"君"。此据《全唐诗》。

令狐楚　字壳士，京兆华原（今陕西铜川市耀州区）人。官户部尚书、吏部尚书，封银青光禄大夫守尚书左仆射上柱国彭阳郡开国公。

相思铺①
令狐楚

谁把相思号此河，塞垣车马往来多。

只应自古征人泪，洒向空洲作碧波。

【注释】

①相思铺：清嘉庆《洛川县志》："厢西河，县北五十里""古相思河宜在其地""经厢西铺，水因以名"。民国《洛川县志》："相思即厢西，'思''西'旧音方语多同耳"。作者另作令狐挺，字宪周，山阳（今江苏淮安）人，官通判延州，其诗题为《题鄜州相思铺》，末句为"洒向空川作逝波"。

宋

杜纯佑 官洛川知县。

鄜 台①
杜纯佑

两载低眉着小冠，一台高筑地平宽。
向阳花木齐教放，天下无春似此间。

【注释】

①鄜台：《大元一统志》："在鄜城旧县之东园"。宋元祐二年（1087）杜纯佑筑。

明

崔　忠　直隶新城（今河北高碑店市）人。景泰五年（1454）进士，官陕西右参议。

过洛川
崔　忠

新骑羸马远旬宣，满眼风光古洛川。
四面好山深涧外，一湾流水成楼前。
莺花远近连城树，稷黍高低负郭田。
形胜有余民赋重，几时烽火息三边。

张守介　洛川人。正德十四年（1519）举人，官三河知县。

过烂柯山①
张守介

登高徐步吊仙家，回首疏林日已斜。
柯烂局空人世易，洞门犹有碧桃花。

【注释】

①烂柯山：县东南槐柏镇境内。相传二仙对弈，樵子烂柯，故名。山麓有桃花洞。县谣："甘石原，烂柯山，桃花洞里出神仙。二位仙家把棋玩，王樵看棋八百年。"

厢西漫兴
张守介

渺渺平川绕洛城，碧天遥落两峰清。
岸迥曲鉴鼋鼍坼，潮送晴窗风雨生。

凤栖寺①
张守介

凤栖寺里凤曾栖，百鸟从君不敢啼。
留得碧梧今尚在，漫将燕雀竞高低。

【注释】

①凤栖寺：民国《洛川县志》："在县治南门外，旧治西南四十里凤栖堡。创自元季。"

杨勗肖　山西闻喜人。举人，官洛川知县。著有《草屋杂谈二卷》。

开抚① 阅城
杨勗肖

雄邊城闉堵，移家近北陂。
山危难对垒，地耸易登陴。

诸将严烽火，居人罢鼓旗。

书生藉余庇，努力及明时。

【注释】

①开抚：在洛川县北菩提镇，古有开抚村。清嘉庆《洛川县志》："城周四里三分""在县北五十里。"

萧九成　四川内江人。嘉靖三十二年（1553）癸丑科进士，官洛川知县。修《洛川县志》。

烂柯洞
萧九成

见辟琳宫小有天，芙蓉翠削景如笺。

灵芽一片千年石，丹井连飞数点烟。

岁月笑惊残局老，风尘解共野云眠。

可怜真宇空萝月，洞主凭谁跨鹤还。

白起庙①
萧九成

大将提兵振洛河，提兵一夕女墙过。

烟霞古庙残蝌蚪，营垒遗踪满薜萝。

侠气年年秋水绿，残②碑隐隐夕阳多。

我来瞻拜添愁思，塞上悲笳正鼓鼍。

【注释】

①清嘉庆《洛川县志》题作《武安君庙》。此据清康熙《延安府志》。白起，战国秦将，封武安君。相传县东北洪福梁有白起山并白起庙、冢。

②清嘉庆《洛川县志》"残"作"寒"。

李维桢（1547—1626）　字本宁，承天府京山（今属湖北）人。隆庆二年（1568）戊辰科进士，官陕西右参议，陕西按察副使，分巡河西道（驻鄜州）。

鄜城春望
李维桢

西来山势剧纵横，残雪流澌试火耕。
一径寒烟通古戍，几枝衰柳带春城。
弯弓月倚栏杆上，结阵云扶睥睨行。
笑杀黄蛇鄜衍口，余腥犹带曼胡缨。

赵家相（1557—1616）　字熙载，四川巴县人。万历十四年（1586）丙戌科进士，官洛川知县。

烂柯洞
赵家相

为寻往迹下山丘，万壑奔腾满目愁。
老衲传言仙洞迴，杏花无主水长流。

清

刘生韵　洛川人。顺治五年（1648）解元。

菩提寺[1]仲春遇雪

刘生韵

二月寒花点祇林，一帘清气澹幽襟。
轻尘不动山容静，微霰无声草色深。
灞上诗思流冻管，郢中古调入瑶琴。
蘧然一枕庄周梦，觉后惟闻钟磬音。

【注释】

①菩提寺：民国《洛川县志》：“在县北八十里。”

河中之水歌

刘生韵

河中之水浅且清，弱柳柔桑两岸生。
不知何处花项鸟，飞来飞去绕树鸣。
日午苹末微风起，敲松击竹韵如笙。
此时幽人梦正醒，焚香趺坐读黄庭。
云光照眼眼欲荧，草色射帘帘亦青。
长啸一声落寒汀，波底应有蛟龙听。
时呼西邻醉醁醽，坐对南山列翠屏。

李 楷（1603—1670） 字叔则，人称河滨夫子，陕西朝邑人。明朝天启四年（1624）举人，清朝官宝应知县。康熙初督修《陕西通志》，参纂《洛川县志》。

鄜畤① 怀古

李 楷

于昭上帝惟高显，圆丘燔柴牛栗茧。
谁分五畤秦文公，鄜祀何以事玄穹？
悠悠鄜畤犹之可，后人封禅笑杀我。

【注释】

①鄜畤：在洛川县南土基镇，传为秦文公祭天之所。民国《洛川县志》："县东南五十里，故鄜城县地。秦五畤之一。"《汉书·郊祀志》："文公梦黄蛇自天下属地，其口止于鄜衍。文公问史敦，敦曰：'此上帝之征，君其祠之'。于是作鄜畤，用三牲郊祭白帝焉。"

王弘撰（1622—1702） 字无异，一字文修，号山史，陕西华阴人。不仕。著有《山志》《砥斋集》等。

鄜 畤

王弘撰

周之衰，秦之霸，为坛日，梦蛇夜。
神若流火纷以下，斩蛇帝子还军灞。

　　彭　年　字鸿叟，江南无锡人。顺治五年（1648）恩贡生，官西安府同知。著有《佛莲堂集》。

诸子同修雍书，因洛川古迹并盟津陈公① 祠祀事，相与咏之

彭　年

　　敷城月色夜苍苍，白帝祠前短草黄。
　　天意不须劳梦协，霸图何事问烝尝。
　　蓬莱旭日迎仙仗，汧渭寒云合大荒。
　　郡县只今谁守土，犹凭野老说甘棠。

【注释】

　　①陈公：陈惟芝，明朝洛川知县。

　　戚　藩　字价人，号蘧庵，江苏江阴人。顺治九年（1652）壬辰科进士，官巩昌府安定（今甘肃定西）知县。

诸子同修雍书，因洛川古迹并盟津陈公祠祀事，相与咏之

戚　藩

　　西京佳丽一蒿蓬，仿佛明禋秦焰中。
　　蟫蚁只今凉夜月，天高振古沴秋风。
　　雄心已去三川水，古道全消五畤虹。
　　惟有循良歌思远，千年犹记两君冯。

许肇业　陕西咸宁（今西安市长安区）人。著有《终南山志》。

诸子同修雍书，因洛川古迹并盟津陈公祠祀事，相与咏之

许肇业

断烟极目眺晴旻，敷社长传白帝神。
汉武临郊尊太乙，秦文肇祼记名禋。
山川葱蔚犹前古，人物萧凉杂炬尘。
惟有咏歌思往德，百年风泽尚依人。

王宏度　字文舍，陕西咸宁（今西安市长安区）人。著有《城南掌故》。

诸子同修雍书，因洛川古迹并盟津陈公祠祀事，相与咏之

王宏度

咸阳帝业已成尘，故垒千年草又新。
自是甘棠仁泽在，谁将典祀说先秦？

史绍班　洛川人。恩贡，官扶风教谕。

咏烂柯山
史绍班

一带重冈点翠鬟，酒阑乘兴几层攀。
经霜松见龙鳞老，荷斧人闻鹤发还。
一朵寒云连禹穴，千年遗局锁商颜。
欲寻樵叟询前事，行尽深山又是山。

刘毓秀　江西上饶人。嘉庆三年（1798）、十年（1805）
两度任洛川知县。纂修《洛川县志》。

六月喜雨
刘毓秀

雨到三庚分外难，高原下隰怕晴干。
连旬蒸郁威方烈，转瞬滂沱味最甘。
雷电震惊资奋迅，风云会合庆扶持。
神功更慰农望满，渥泽频仍翘首看。

新正喜雪
刘毓秀

春初气候尚如冬，六出花飞不厌浓。
霢霂随风融水乳，光华带日映云龙。

频沾麦陇便稯菽，细渍花林更润松。
九九寒消旬日内，洛交河畔响琤琮。

刘建中　江西奉新人。咸丰八年（1858）任洛川知县。

戊午春正之洛川任道中作此志勉
刘建中

又得敷城位此身，东风管领万家春。
莺花满眼宜川驿，鸿雪关心洛水滨。
自愧读书疏读律，须知观我即观民。
此方习俗称醇厚，不负苍生有几人。

洛城迎春喜雪
刘建中

牙旗前导鼓吹声，遥迓东皇到洛城。
紫燕两街矜彩胜，青牛一路肃郊迎。
春来有脚乾坤遍，腊去关心岁月更。
最喜丰年三白兆，雪花如雨沛苍生。

过古鄜城县 ①
刘建中

七级浮屠耸，高原一望平。
地犹今洛土，县是古鄜城。

村树山家景，盘蔬父老情。

秋成多稼穑，望可慰编氓。

【注释】

①古鄜城县：位于今洛川县土基镇富城村。民国《洛川县志》："鄜城废县，旧治南七十里。"建有鄜城塔，亦称万凤塔。

烂柯山七古

刘建中

烂柯山上草色妍，烂柯山下水声潺。

一山断，一山连，层峦开绝径，危石咽流泉。

闻是昔人王质遇仙处，因之山以烂柯传。

我笑王质樵夫耳，观棋偶尔亦仙缘。

如何局罢归来柯亦烂？山外不知历岁几多年！

乃知仙人作游戏，一枰中妙传坤乾。

蓬壶消岁月，世界幻云烟。

可惜世人未能换凡骨，不然樵子亦神仙。

我来此地访遗迹，或者许拍洪崖肩。

讵知桃花流水无处觅，空余白云缥缈山之巅。

赵圻年（1868—1948）　字介之，晚年名赵意空，上海人。光绪三十三年（1907）任洛川知县。1938年避兵还居洛川。著有《意空诗选》。

洛川岁暮即事
赵圻年

北山也报早春回，画里山矾梦里梅。
鱼米远来二百里，蚁醅浅酌两三杯。
杜笺左传春王月，阮释荆钟夜雨雷。
年近偏多裁判事，民间逋负乞官催。

立夏前五日雪霁
赵圻年

孤花红瘦着春枝，四月三川雪霁时。
麦秀渐藏双锦雉，林深未啭两黄鹂。
桥陵泼翠轩皇鼎，鄜月清寒杜子诗。
寻就桃源堪吏隐，京华冠盖莫须疑。

消 夏
赵圻年

虚堂昼静落槐花，避暑深山又及瓜。
秋近南窗初见日，风高北地恣飞沙。
帘栊影里消香篆，络纬声中汲井华。
人海纷纷争炙手，凉云深处是吾家。

博将僻地养身闲，判事庭前草不删。
风雨潜消三伏熟，炎凉只隔一重关。①
居官似吃家常饭，②得地深惭畏垒山。
五斗救贫抛不了，每看松菊一惭颜。

【注释】
　①作者自注："金锁关以北气候顿凉。"
　②作者自注："常调官好做，家常饭好吃。"

野　望
赵圻年

白翟川原气象雄，重重深壑骑难通。
农田刚燥宜多雨，野老睢盱亦可风。
烽火三边连塞北，室家一半陷河东。
艰难衰病丁斯酷，涕泗纵横夕照中。

春　分
赵圻年

春半三川柳始黄，青青宿麦茁春泥。
冰开寒壮留沙雁，土燥风刚斗石鸡。
野色遥连秦畤北，恶氛莫近大河西。
九州糜烂何时定？荏弱风枝且暂栖。

山 村

赵圻年

土山千里势平铺，中有陂陀望若无。
豚栅牛栏依恶木，尪童癭妇迓神巫。
草深沟壑多豺虎，麦熟光阴啼鹧鸪。
幸有一端差可喜，不闻箔吹恣暗鸣。

现 代

唐祖培（1898—?） 名贻孙，更字季申，笔名唐园，别号节公，湖北咸宁人。曾任国立西北联合大学、国立甘肃学院教授。参纂洛川、黄陵县志，著有《民国名人传》《新方志学》等。

渡交口河①

唐祖培

洪水茫茫轩祖哀，飞来千里送仙台。②
关河跋涉真艰险，应识悬崖勒马回。

【注释】

①交口河：位于洛川县城南 15 千米处，洛河过境，旧为洛川重要渡口。

②作者自注："同行熊君落河中，予忽得骏马幸免。"

钱昌照（1899—1988）　字乙藜，江苏常熟鹿苑（今属江苏张家港）人。曾任政务院财政经济委员会委员兼计划局副局长，全国政协副主席。

洛　川
钱昌照

到处青青见麦苗，入冬槐树未全凋。
洛川三日添诗料，昼看塬沟夜宿窑。

杨植霖（1911—1992）　内蒙古自治区土默特左旗人。曾任中共青海省委第一书记，中共甘肃省委书记、省政协主席。出版有《青山儿女》《青山欲晓》等。

洛川苹果赞
杨植霖

金粉漫施悦人颜，食后流涎犹觉甜。
笑问珍果何处有？神功点缀洛川塬。

秋来卷地送香风，爱看秦中树树红。
极目缤纷随处是，频使喜讯通宇穷。

布　赫（1926—2017）　又名云曙光，内蒙古自治区土默特左旗人。曾任内蒙古自治区党委副书记、政府主席，全国人大常委会副委员长。出版有《布赫诗集》。

洛川京兆乡

布　赫

洛川山丘遍地青，玉米金黄苹果红。
乡间客来争迎迓，窑洞传出读书声。

1991 年 9 月 13 日

桥山沮水　祖陵圣地

黄陵县

　　黄陵县位于陕西省中部，延安市南部。西周为白狄地。东周先属晋后归魏，再归秦。西汉设翟（狄）道县。后秦设中部县。隋更名内部县。唐复名中部，属坊州辖。元属延安路鄜州辖。明、清至民国初，沿旧制。1944年，中部县更名黄陵县。境内山脉主要有子午岭和桥山，闻名于世的秦直道即由子午岭穿过。桥山位于城北，是中华民族始祖轩辕黄帝陵寝所在地；黄帝陵被尊称"天下第一陵"，是中华文明的精神标识，历代帝王将相、文人骚客均有祭扫活动，全球炎黄子孙来此寻根祭祖。河流主要有沮河、葫芦河、北洛河等。自然景观以古树名木、陵区景色、山水景观等为主，资源丰富，景色秀丽。境内还有魏长城、万安禅院和黄陵国家森林公园等历史文化遗址和自然景观。黄陵八景旧称"坊州八景"，即桥山夜月、沮水秋风、南谷黄花、北岩净石、龙湾晓雾、凤岭春烟、汉武仙台、黄陵古柏，主要分布在黄陵县城周围。境内风物，多附会轩辕黄帝之名，表达民众对黄帝敬仰之情。

唐

李　白　字太白，号青莲居士，世称"诗仙"。有《李太白文集》行世。

酬坊州王司马与阎正字对雪见赠
李　白

游子东南来，自宛适京国。
飘然无心云，倏忽复西北。
访戴昔未偶，寻嵇此相得。
愁颜发新欢，终宴叙前识。
阎公汉庭旧，沈郁富才力。
价重铜龙楼，声高重门侧。
宁期此相遇，华馆陪游息。
积雪明远峰，寒城锁春色。
主人苍生望，假我青云翼。
风水如见资，投竿佐皇极。

武元衡　字伯苍，缑氏（今河南偃师）人。唐德宗建中四年（783）进士，官监察御史，华原县令，剑南节度使。

秋晚途次坊州界寄崔玉员外

武元衡

崎岖崖谷迷，寒雨暮成泥。
征路出山顶，乱云生马蹄。
望乡程杳杳，怀远思凄凄。
欲识分麾重，孤城万壑西。

舒元舆　婺州东阳（今浙江）人。元和八年（813）进士，官监察御史，刑部员外郎，御史中丞兼刑部侍部、同中书门下平章事。

桥山[①]怀古

舒元舆

轩辕厌代千万秋，绿波浩荡东南流。
今来古往无不死，独有天地长悠悠。
我乘驿骑到中部，古闻此地为渠搜。
桥山突兀在其左，荒榛交锁寒风愁。
神仙天下亦如此，况我蹙促同蜉蝣。
谁言衣冠葬其下，不见弓剑何人收。
哀喧叫笑牧童戏，阴天月落狐狸游。

却思皇坟立人极，车轮马迹无不周。
洞庭张乐降玄鹤，涿鹿大战摧蚩尤。
知勇神天不自大，风后力牧输长筹。
襄城迷路问童子，帝乡归去无人留。
崆峒求道失遗迹，荆山铸鼎余荒丘。
君不见，黄龙飞去山下路，断髯成草风飕飕。

【注释】

①桥山：位于黄陵县城北。《大元一统志》："在中部县北一里，乃轩辕黄帝葬衣冠之所。山下有沮水，或曰古沮水，分流潜穿山底经过，因名桥山。《寰宇记》引《史记》云：黄帝葬此山，陵冢尚存。唐大历元年置庙，宋开宝二年敕修庙祭祀，在州西二里。"

元

张三丰　名全一、君宝，字玄玄，号三丰，辽东人（今辽宁）人。道士，明英宗赐号"通微显化真人"，明宪宗封"韬光尚志真仙"，明世宗封"清虚元妙真君"。

轩辕黄帝庙①

张三丰

披云履水谒桥陵，翠柏烟含②玉露轻。
衮冕霞飞天地老，文章星焕海山青。

巍巍凤阙迎仙岛，渺渺龙车驻帝城。

寂寞琼台遗汉武，一轮皓月古今明。

【注释】

①康熙二十一年（1682）黄帝陵碑刻载："时至正庚子仲夏樵溪幕左道人"。此据明弘治《延安府志》，署名樵溪素古。

②清康熙年间黄帝陵碑刻作"寒"。

明

韩　规　中部（今黄陵）人（一作富平）。洪武年间举人，官给事中。

桥山夜月①

韩　规

皎皎中霄挂玉盘，碧天万里桂丛寒。

何当结屋最高处，漫挹清光俯翠峦。

【注释】

①桥山夜月：清康熙《延安府志》："桥山高竿，古柏密布山膝，夜月映之，如荇藻涵水中，景奇绝。"清嘉庆《中部县志》："县东半里许，每于下旬甲夜，水中月辉金光闪烁。"此诗录自明《延绥镇志》，"漫"原作"谩"，疑有误。

胡　濙（1375—1463）　字源洁，武进（今江苏常州市武进区）人。建文二年（1400）庚辰科进士。官礼部左侍郎，礼部尚书。

轩辕黄帝庙
胡　濙

轩辕冠履葬桥陵，德业名隆万代崇。
武帝祈仙徒枉驾，至今沮水①碧波清。

【注释】

①沮水：清康熙《中部县志》："县西一百八十里。自子午岭发源，至三河口，纳小河、常川二水，东行环绕县城如带，又东三十里合洛河、葫芦河于交口，南出白水。"康熙《延安府志·景致》："沮水秋风：沮上多佳木，秋风至，红叶刀刀，下浮水面。念伊人者，有在水一方之思。"

宋　宾　字大贤，中部（今黄陵）人。天顺年间举人。官阳曲知县，南京中军都督府经历。

黄花峪①
宋　宾

坊州城外百花园，未若峪南丛菊蕃。
采采落英陶令隐，为携樽酒傍西轩。

【注释】

①黄花峪：清康熙《中部县志》："县西一里，入秋金菊芬芳。"

刘　儒　字以聘，中部（今黄陵）人。嘉靖四年（1525）举人。官四川叙州府同知，庆藩王左长史。

暖　泉①
刘　儒

山泉抱村曲，小径岭岩斜。
蔬园穿松过，柴门傍柳遮。
流觞依密叶，飞絮点新芭。
结礼陶情意，从来发兴赊。

【注释】

①暖泉：清康熙《中部县志》："县东三里……乔木竦列，青竹郁茂。泉上筑观音阁，下临暖泉，池鱼充仞，岸有老树横覆水上，细枝排布，疏密如垂帘，悬园内苑亭。方池引溪水穿洞，达于池中，花卉分列，围以灌木。"

刘　倬　中部（今黄陵）人。贡生，官秦藩典膳。

子午岭①
刘　倬

南北亘长岭，纵横列万山。
桥陵今古在，驰道有无间。
地折庆延回，源分漆沮潺。
秦皇开凿后，路上几人还。

【注释】

①子午岭：清康熙《中部县志》："县西北一百八十里，南北绵亘千余里，隔界延庆二府；自咸阳通九原，云中直道。秦蒙恬堑山堙谷，即此岭也。"

杨　兆　字梦镜，肤施（今宝塔区）人。嘉靖三十五年（1556）丙辰科进士。官蓟辽总督，工部尚书。

桥山怀古
杨　兆

桥山之上有轩辕，寂寞松楸剑履存。
高冢旧余天子气，诸峰还让丈人尊。
青山雉尾当时事，白日龙髯何处屯。
犹似垂衣望仙侣，千官扈从隔昆仑。

刘钦顺 湖北石首人。嘉靖二年（1523）癸未科进士，官华亭知县、榆神中路道。

登祈仙台^①

刘钦顺^②

百战劳劳倦莫支，东封西祀苦奔驰。
轩辕疑有生人德，汉武空悬遗世思。
春断金盘仙掌露，香残王母碧桃枝。
荒台木末烟云外，不尽凄凉猿鹤悲。

【注释】

①祈仙台：明弘治《延安府志》："在桥山。武帝勒兵至朔还，祭黄帝于桥山。""汉武仙台"为八景之一，清康熙《延安府志》："登其上，诸山咸拱，秃柏环立，凛不可久留。"

②清康熙《中部县志》载作者为陈蒙育，约元代人。

插剑石诗^①

刘钦顺

气吞宇宙前无古，况复关河百二重。
六国既收四海一，独留长剑倚晴空。

【注释】

①插剑石：清康熙《延安府志·古迹》："插剑石在城西郭外，滴珠泉下。上有石窍，形如剑鞘，传小秦王插剑于此。"

唐　锜　字子荐，号池南，云南晋宁人。嘉靖五年（1526）丙戌科进士，嘉靖十五年（1536）任巡按陕西御史。

插剑石
唐　锜

道中石，谁插剑？鬼力雷工总难验。
差差三尺匣云寒，隐隐中宵殒星焰。
疑是轩辕铸鼎时，双龙挺挺飞雄雌。
腰间一佩清风远，留此作镇沮水涯。
沮水蛟螭久潜伏，天边神物终相合。
雷霆一夜震千山，剑去幽幽风飒飒。

李维藩　上党（今山西长治）人。嘉靖年间（1522—1566）官陕西按察司佥事。

谒轩辕帝陵
李维藩

桥山南下沮河过，古柏①苍苍枕碧波。
华胥梦还冠服盛，赤龙飞去鼎炉多。
九天仙侣朝金阙，万代子孙响玉珂。
帝德不同天地老，伫看山海变桑禾。

【注释】

①古柏：清康熙《延安府志·景致》："桥陵古柏：柏多，

轩辕手（植）柏老干凌霄，似虬龙盘空中，鳞甲走动，风雨更奇。"

次三丰仙韵

李维藩

秦川北斗有桥陵，沮水星环剑气轻。
日月光同文物盛，乾坤氛逐武戈清。
龙飞玉露寒苍柏，鼎铸金波满赤城。
可惜汉家雄略主，不将帝德望昆明。

刘　准　中部（今黄陵）人。庠生。

凤凰山①

刘　准

凤凰飞去几经春，子晋吹箫何处闻？
缥缈烟霞笼野色，九苞仿佛隔重云。

【注释】

①凤凰山：康熙《延安府志·山川》："县西一里，每遇
金秋，黄菊芬芳，香气袭人。"

王邦俊（1546—1616） 字虞卿，号壶岭，鄜州（今富县）人。万历二年（1574）甲戌科进士，官山东巡抚，都察院右监都御使。纂《鄜州志》。

望桥山黄帝宫
王邦俊

山前紫气使车临，山下黄陵帝阙深。
终古桥门环逝水，当时翠跸御层岑。
汉台晓落碧云色，秦柏晴垂玉砌阴。
千载龙髯劳想象，鼎湖何处欲追寻？

寇 恕 字道用，中部（今黄陵）人。官绵竹知县。

龙首川①
寇 恕

秋风飒飒动寒波，露下天高逸兴多。
漫拟濯缨聊寄迹，芦花滩外足吟哦。

【注释】
①龙首川：清康熙《中部县志》："即县川也，其东十里盖沮洛交会处，川明水秀。"

张 举　中部（今黄陵）人。景泰年间（1450—1457）举人，官晋府纪善。

仰龙山①
张 举

沮水纡回龙尾湾，②蒙蒙晓雾绾春山。
千山豹隐人应出，漫酌村醪纵大观。

【注释】

①仰龙山：清康熙《中部县志》："县西十二里"。

②龙尾湾：即龙湾。

韩必显　字用晦，山东安丘人。隆庆二年（1568）戊辰科进士，官洛川知县，陕西巡抚。

印台山①
韩必显

览胜鸣金上，瑶台倚印峰。
沮流吞巨壑，桥耸傍元踪。
日观河山胜，云衢冠盖逢。
登高应有赋，飞旆漫相从。

【注释】

①印台山：清康熙《中部县志》："县东二里，形如三

台"。传黄帝升天时将大印埋此。

刘　禋　字诚吾,中部(今黄陵)人。万历四十六年(1618)举人,崇祯十四年(1641)任河南登封知县,敕赠按察司金事。

黄花谷口西园

刘　禋

高树隐层台,两山曲相拥。
系马向林角,林表旭日动。
秋水阔无际,潺潺一溪涌。
四时花不谢,峡石高复耸。
一醉有余适,此游未为冗。
志士慨时艰,匡济思周孔。
狄公石室在,[①]千秋一枯冢。
凭风吊古人,忧时心常恐。

【注释】

①狄公石室:指宋将狄青墓冢。清康熙《中部县志·陵墓》:"宋狄青墓:县西黄花峪悬岩石洞,有石棺在焉。"

刘三顾　广东海丰人。举人，崇祯年间（1628—1644）官洛川知县，延安知府，潼关道副使。

晓过子午岭
刘三顾

野店烟消客梦惊，桓桓多士计宵征。
岭分子午知南北，星以完稀辨晦明。
两岸层峦留月影，几湾湍水带松声。
人情忙里无余况，马上相看一剑横。

练国事（1582—1645）　字君豫，河南永城人。万历四十四年（1616）丙辰科进士，官陕西巡抚，户部左侍郎，兵部尚书。

谒轩辕庙
练国事

轩辕龙气郁苍苍，沮水环流日月长。
我为干戈思太古，谁从松柏探幽香？
祠前烽火连边塞，陵上烟云历汉唐。
黄帝鼎成何足异，不须攀髯类虚狂。

清

叶映榴（1642—1688）　字炳霞，号苍岩，上海人。顺治十八年（1661）辛丑科进士，官陕西提学，湖广参议道署布政使，谥忠节。有《叶忠节公遗稿》传世。

桥　陵
叶映榴

大荒浮黄云，众山失故黛。
划然川原开，苍翠出烟霭。
居人为余言，桥陵在其内。
下车拂征尘，屏息颡再拜。
古柏参青霄，枝叶为偃盖。
黄帝未仙时，此树乃先在。
其余二千株，环陵而向背。
陵庙与树连，云气时叆叇。
沮水流其中，触石响清籁。
怀古有余情，瞻眺得大概。
当年神圣兴，制作史具载。
采铜首山巅，铸鼎荆山界。
鼎成龙下迎，其说近迂怪。
左彻不能从，抱弓致忠爱。
凿山葬衣冠，庙祀崇百代。

且战且学仙，汉武发深慨。

至今祈仙台，芳草尚晻蔼。

候神幸缑山，采药巡海外。

封禅何纷纷，徒为公孙卖。

余意帝至尊，不仙亦何害！

缅彼垂裳时，今古所嘉赖。

不死今有冢，此言良大快。

惟有柏长生，风雨勿能坏。

杨素蕴（1630—1689）　字筠湄，一字退庵，陕西宜君人。顺治九年（1652）壬辰科进士。官通政司参议，湖广巡抚。有《见山楼诗文集》传世。

过龙湾有感

杨素蕴

不到龙湾十五年，寒山秋水尚依然。

惟有孤村不似旧，满川衰草碧连天。

刘尔怡　中部（今黄陵）人。顺治八年（1651）举人，官贵定知县。

轩辕柏①

刘尔怡

轩辕庙前挂甲柏，霜根铁节坚如石。

老干挺直五十围，枝叶密排三千尺。

功开浑沌先天地，造物合当存爱惜。
南接华岳通云气，风来呼吸连太白。
飘缈三丰竟若何？此树到今尚矍铄。
传记莫考栽植年，鸟飞兔走青漠漠。
孤高自是神工力，盘踞似得巨灵托。
我今再拜揖仙翁，茹叶掇英可飞空。
九天若见骑龙人，道我还丹更御风。

【注释】

①轩辕柏：清康熙《延安府志》："在轩辕庙，考之杂记乃黄帝手植物。围二丈四尺，高可凌霄。"

西　园

刘尔怡

满目凄风一草莱，黄花谷口旧亭台。
晴天楼阁层城尽，阴雨旌旗战地来。
燕语不闻春尚到，泉声如咽花还开。
百年天地沧桑异，山月苍茫望转哀。①

【注释】

①作者篇末自注："园东明末战场也"。

刘尔懈　字敬又，中部（今黄陵）人。康熙十八年
（1679）征隐逸，辞不就。参修《延安府志》。

登西山①
刘尔懈

中峰插天起，突兀耸危嶨。
盘折自南来，西北奔万壑。
川流乱地脉，丹崖互参错。
险涩樵不通，峭立如刀削。
山色暝四望，高风势急薄。
日夕云出岭，沉黑景弥恶。
惨黯雨中树，隐隐露山脚。
既骇逸群兽，山鬼复畏却。
谢公欲有问，仰首近苍漠。

【注释】
　①西山：清康熙《中部县志》："县内诸山之总岭也，方
六七十里，大山巨壑，林木郁茂，石洞深潜。"

归西山
刘尔懈

野服幅巾青布鞋，桃花细路引丹崖。
水从高处堪栽稻，钱于完时且卖柴。
伊尹不曾要鼎俎，梁鸿何况有荆钗？
山深可免征书到，省得寒冬与计偕。

刘　焴　字日采，中部（今黄陵）人。顺治五年（1648）拔贡，考授通判，未仕。

东　园

刘　焴

钟送夕阳落暮空，一尊高坐意不同。
重楼四面邀明月，垂柳千条送好风。
忽听琅玕敲竹韵，翻思珠玉唾诗筒。
看他世上梦梦者，钱癖何如酒兴浓。

牛光斗　字丽乾，中部（今黄陵）人。顺治十五年（1658）戊戌科进士，官浙江诸暨知县。

南谷黄花

牛光斗

翟道南郊外，山高夹谷深。
野花开石蹬，艳色丽瑶岑。
云覆一川锦，风摇万点金。
桃源虽烂漫，不及此清阴。

薛柱斗　延长县苏子里（今宝塔区甘谷驿）人。拔贡，康熙元年（1662）任保宁知府，康熙十五年（1676）任安徽按察使，康熙二十六年（1687）任刑部右侍郎。

和张三丰

薛柱斗

衣冠葬处号桥陵，九转丹成四海轻。
古柏森森金仗合，林风飒飒玉璈清。
由来帝道通仙道，果是佳城即化城。
何日归田容一过，执经桥畔问真明。

许孙荃（1640—1688）　字荪友，一字生洲，江南合肥（今安徽合肥）人。康熙九年（1670）庚戌科进士，官陕西提学。著有《慎墨堂诗集》。

桥　陵

许孙荃

黄帝乘龙去不还，衣冠留此葬空山。
仙台缥缈青霄上，古柏森森翠霭间。

张凤翙　中部(今黄陵)人。康熙十二年（1673）癸丑科进士，官四川大竹知县。

登桥山
张凤翙

高陟桥山上，关河万里长。
沮流声浩浩，柏干色苍苍。
红日竿头进，青云足下藏。
轩辕龙驭古，百代景冠裳。

张　伟　江南武进（今江苏常州市武进区）人。武举，康熙二十五年（1686）任延安知府。

谒中部桥陵
张　伟

桥陵瑞气奠金天，古帝衣冠历岁年。
山势尽如屏笏拱，水流应似带环穿。
白云朝引虹龙驾，翠柏宵藏熊虎眠。
世代沧桑多变易，惟兹神气古依然。

吴　瑞　江南南陵（今安徽南陵）人。雍正三年（1725）任延安知府，雍正七年（1729）补礼部仪制司员外。

谒桥陵时丙午孟冬
吴　瑞

万仞桥山郁晓苍，此中闻说葬冠裳。
翔风初劲虬松冷，沮水方寒衰草黄。
殿陛巍巍瞻圣帝，鼎湖杳杳忆龙骧。
小臣更是频翘首，缥缈仙台汉武皇。

中部插剑石
吴　瑞

行到坊州郭，秦王迹尚存。
滴珠泉有水，插剑石余痕。
究竟因何事，谁能道此源。
料缘英武业，凭藉设奇论。

挂甲柏
吴　瑞

凌层古柏峙天涯，烟锁荒郊带晚霞。
自昔衣裳开盛代，至今阵法立兵家。
何缘讳却披坚处，反致传以挂甲加。
遥想乘龙属幻渺，空余遗迹望中赊。

艾若兰　清代人。余不详。

谒桥山黄帝庙
艾若兰

轩辕飞升不记年，桥山明月夜空悬。
瑶台寂寞生春草，玉冢荒凉笼暮烟。
人文代换江河逝，庙貌更新俎豆鲜。
迷却衣冠无觅处，千秋得拜衮衣前。

钟　衡　吴兴人。雍正八年（1730）庚戌科进士，官太常寺少卿。

祀轩辕陵恭纪
钟　衡

乌号弓堕旧山川，盛代明禋肃豆笾。
何处衣冠留上古，此时垂拱想当年。
龙车渺渺迎仙夜，虬柏森森挂甲烟。
千载神光严对越，祥云缭绕帝宫前。

世　臣　满洲正白旗人。雍正五年（1727）丁未科进士，乾隆时官翰林院内阁学士，盛京兵部侍郎，盛京礼部侍郎。

祀桥陵恭纪三章
世　臣

盛朝崇祀典，奉敕谒桥陵。
庙貌常巍焕，神灵自式凭。
法垂尊帝制，仙驭想龙升。
俨若冠裳在，肃雍将祗承。

峰绕桥山沮水清，帝陵巍峻柏青青。
漫言当日龙升去，犹对冠裳荐血牲。

古柏森森不记春，陵宫犹自享明禋。
轩辕制起功尚在，常使余波惠子民。

高　晏　生平不详。

轩辕挂甲柏
高　晏

古柏鳞鳞势若虬，舆传挂甲败蚩尤。
宫由开宝基初建，树岂轩辕世所留。

况复挥戈从涿鹿，何因释铠到坊州。
重重伟抱停华盖，拱立宸居七百秋。

丁　瀚　江苏无锡人。嘉庆九年（1804）任中部（今黄
陵）知县。修《中部县志》。

咏中部八景
丁　瀚

桥山夜月

雨洗山偏净，风吹月未阑。
光分千里碧，影落一池寒。
只向云中觅，谁从水底看？
高崖非采石，醉后捉为难。

沮水秋风

飒飒风初拂，寒从水上来。
谁知秋未老，不信节先催。
山骨疑翻瘦，云鳞顿觉开。
此心同皎洁，妙处静中该。

南谷黄花

谁把东篱色，移来南谷香？
寒花开太早，秋士兴偏狂。

唤醒繁华梦，甘居寂寞乡。
洁心堪味道，风骨不知霜。

北桥净雪①

爱此称廉石，严寒雪亦消。
落花偏不受，凉月转相招。
地僻人谁扫，心坚志勿摇。
让他飞絮柳，风急上云霄。

龙湾晓雾②

飞尘如海气，弗雨亦潺潺。
岸阔风偏细，山多云自闲。
不知疑豹泽，莫怪说龙湾。
昔日曾留咏，高枝未许攀。

凤岭春烟③

共道春明媚，谁知亦异同。
水光浓淡外，山色有无中。
带雾几疑雨，连云不惹风。
迷离堪入画，妙理问天工。

汉武仙台

按迹今仍古，登临识几回。
依稀承露掌，仿佛赋诗台。
月冷苍苔湿，风寒旧事灰。
仙踪诚许接，曾否到尘埃？

黄陵古柏

剑舄精灵在，环山柏作城。

东西无草色，上下有风声。

本是栖鸾质，还留挂甲名。

扶持藉神力，根老似骑騶。

【注释】

①北桥净雪：民国改为"北岩净雪"。清康熙《延安府志》："北桥有石，大雪霏霏石上，如帚扫弗凝。"

②龙湾晓雾：黄陵县东龙首川、沮洛二水交汇处，山水郁积，每朝云雾迷岸。

③凤岭春烟：清嘉庆《中部县志》："县城三里，山明水秀，当春景色迷离。"

张绍先（1781—1828） 字述庵，号砚农，中部（今黄陵）人。嘉庆十年（1805）廪贡、候铨训导。

咏中部八景

张绍先

桥山夜月

一目悬冰镜，千山捧玉盘。

凿泉徒笑俗，怀月不胜寒。

夜静波光出，沙明驿路看。

何须肴共酒，携赏历层峦。

沮水秋风

沮水环城过，秋初欲冷秋。
凌波风势急，砭骨客心愁。
吟树声偏静，停云影渐收。
新凉余一味，总在此种流。

南谷黄花

蕊是精金散，偏宜暗谷香。
根源丽火德，色实据中央。
不受红尘扰，能留晚节芳。
南山应共咏，知尔几经霜。

北桥净雪

何年留净石？雪至望中消。
任尔能圭璧，难侵此介标。
不燃几自熟，著水倩谁浇？
扫径同情否，寻踪到北桥。

龙湾晓雾

乘龙迹已渺，志地取龙湾。
香雾空腾水，寒光半隐山。
人疑迷路远，鸟觉倦飞还。
捧出扶桑日，霏霏到处删。

凤岭春烟

岭占威凤势，偏惹一溪烟。
翠色笼深壑，微光罩远川。
媚添朝雨后，辉爱夕阳前。
幸得凭高览，和鸣了万缘。

汉武仙台

汉武曾巡朔，相传旧筑台。
灵飞情独契，味道志偏恢。
果否冲天去，依稀拨雾来。
几时邻绝壁，端的净尘埃。

黄陵古柏

老柏虬龙化，盘根绕帝陵。
风从南谷响，雾自北桥凝。
挂甲宁无据，栖鸾绰有凭。
精灵留剑舄，仿佛话飞升。

李嘉绩（1844—1908）　字云生，号潞河渔者，原籍直隶通州，成都人。监生，光绪十六年（1890）二月到光绪十七年（1891）八月署保安知县。著有《榆塞纪行录》《代耕堂杂著》《代耕堂诗稿》等。

轩辕陵庙古柏行

李嘉绩

坊州迤北青山青，数峰突兀如桥形。
轩辕之陵峙其上，老柏万株横翠屏。
盘踞得地古莫比，润泽受天年久经。
异哉端拱两行立，俨若搢笏朝帝廷。
垂裳治远及草木，定有丹凤翔苍冥。
我来三月霜露降，寒碧堕地幽岩扃。
它山尽作揖让势，敢与黛山争亭亭。
庙中树态更奇古，龙蛇倒景蟠郊坰。
坐见苔藓蚀断碣，时疑阴雨生空庭。
森然魄动肃展拜，云车风辂来精灵。
长辞栋梁勿翦伐，愿陪柤椊同芳馨。
俛笑世人输阅历，劫火不损延修龄。
沮流东下远入洛，一水之秀连渊渟。
徘徊四顾不忍去，空山鸾鹤思来停。

现 代

于右任（1879—1964） 陕西三原人。曾任陕西靖国军总司令，国民政府监察院院长。出版有《右任诗存》等。

与王子元①谒桥陵遇雨②
于右任

路下雕阴湾复湾，鸾翔凤翥见桥山。
弥天风雨伤今日，垂老崎岖过此间。
独创文明开草昧，高悬日月识天颜。
干霄古柏摩挲遍，挂甲何人亦等闲。

民国七年（1918）

【注释】

①王子元：名玉堂，陕西靖国军派赴上海迎作者回陕任总司令的专使。

②民国三十三年《黄陵县志》作《谒黄帝陵遇雨》："皇祖威灵我欲攀，西征间道礼桥山。弥天风雨伤今日，垂老仓皇过此间。独创文明开草昧，高悬日月识天颜。干霄古柏摩挲遍，挂甲何人亦等闲！"此据于媛主编《于右任诗词曲全集》。

程 潜（1882—1968） 湖南醴陵人。曾任第一战区司令长官，国民政府军事委员会天水行营主任，全国人大常务委员会副委员长。出版有《程潜诗集》《养复园诗集》。

桥陵颂

程 潜

报本崇初祖，数典颂轩辕。
神武开天运，睿智启人文。
书契宫室作，衣冠礼乐新。
涿鹿除凶暴，崆峒阐道源。
声教播九州，膏泽被八垠。
绵绵垂统绪，烈烈贻子孙。
巍巍则昊苍，皇皇光典坟。
我行来西土，持麾镇北门。
恭荷奉祀命，崇礼亿代尊。
逶巡陟修坂，回互历重垣。
始见灵宅峰，形胜据高原。
冈峦自周卫，沮水复潆湾。
杂花香满道，翠柏黛参天。
和禽喧密林，野鹤降云间。
坦步登圣域，斋宿祛尘纷。
明发万象清，伛偻献苹蘩。
诚感愿必达，神忾俨有闻。
宫墙匪易窥，天阙岂容攀。
朝宗肃端拜，虔企奏承云。
至德苞宇宙，荡荡难为言。

邵元冲（1890—1936）　字翼如，浙江绍兴人。曾任国民政府立法院代理院长，国民党中央宣传委员会主任。

四月七日恭谒桥山黄帝陵
邵元冲

桥陵沮水五云飞，虬柏嵯峨拥翠微。
万古冠裳开郅治，九天云雨下灵旗。
阪泉三战玄黄血，庙貌高悬日月晖。
瞻拜漫兴多难感，重光还仗一戎衣。

张默君（1883—1965）　字漱芳，女，湖南湘乡人。曾任国民政府考试院委员。

二十四年春中部谒黄帝陵
张默君

桥山形胜郁岧峣，沮水春深走怒潮。
文教覃敷千古式，武威赫奕九州遥。
治身紫府昭灵德，协律黄钟仰凤韶。
哀感峥嵘天地老，重兴虔欲祷神霄。

桥陵次翼如韵奉简溥泉力子孟硕①
张默君

陵柏如龙势欲飞，诗心遥接道心微。
缅怀嫘祖衣天下，行戡蚩尤礼斾旗。
动地春光明远水，涨空岚翠乱晴晖。
文公孤诣终兴卫，同是神州大布衣。

【注释】

①此诗系作者 1935 年随其丈夫邵元冲，与张继（字溥泉）、邵力子、邓家彦（字孟硕）等祭黄帝陵时所作。

邵力子（1882—1967）　字仲辉，浙江绍兴人。曾任陕西省政府主席，国民党中央宣传部部长，全国人大常务委员会委员。

谒桥陵步翼如、默君两先生韵
邵力子

万千古柏翠霞飞，漫对桥陵慨式微。
挂甲柏前思将帅，祈仙台下想旌旗。
如油春雨逢佳节，似锦山花接晓晖。
惟愿秦风重振起，同仇与子赋无衣。

巍然高冢起岧峣，民族精神感怒潮。
庙貌中衰威尚在，山容赫濯路非遥。

天开草昧初垂拱，石漱沮流恍听韶。

仙迹渺茫难尽信，至诚应可感重霄。

刘子林　中部（今黄陵）人。曾任中部县政府科长，1939年任黄帝陵园管理处副主任。参修《黄陵县志》。

唐祖培（1898—?）　名贻孙，笔名唐园，别号节轩，湖北咸宁人。曾任国立西北联合大学、国立甘肃学院、台湾东吴大学教授。参纂洛川、黄陵县志，著有《新方志学》等。

八景总咏

刘子林　唐祖培

桥山夜月吐光芒，沮水秋风分外凉。

南谷黄花争晚节，北岩净雪傲繁霜。

龙湾晓雾迷千里，凤岭春烟绕八方。

汉武仙台犹屹屹，轩辕古柏更苍苍。

熊　斌（1894—1964）　湖北礼山（今大悟）人。曾任国民革命军第二集团军总参议，陕西省政府主席，北平市市长。

谒黄帝陵二十韵

熊　斌

万古桥山柏，凌霄气郁苍。

河山光日月，陵庙护冠裳。

制作通灵奥，文明启混茫。

纲常维弈祀，亭毒暨遐荒。

王母鸾骖迓，昆仑凤翼翔。

青丘咨内典，黄盖导周行。

字巧穷云变，车新胜雾障。

五行尊土德，一怒奠澜狂。

白泽言何慧？咸池乐肇张。

群侯圭币盛，诸相股肱良。

挂甲昭神武，攀髯慰对扬。

鼎成天地象，湖射斗牛芒。

汉武祈仙渺，高阳嗣世昌。

九州罗子姓，百代见羹墙。

虬干凝霜重，蛛罘缀露瀼。

树犹留爱惜，祚孰比绵长？

鸣鸟琴弦奏，晴霞黼黻章。

鹤依华表静，螭卧石碑凉。

膏雨浓春绿，和风送晓芳。

三秦与观政，熏沐荐馨香。

蒋冠伦　民国时期曾任职陕西省政府。

渔家傲·中部县谒桥陵

蒋冠伦

四塞山河王者气，鼎湖龙去悲无计。汉武求仙台已废，华表外，桥陵万古何人识？

北谷春深花满地，南流激荡波纹翠。岁岁年年时一祭。碑尚记，衣冠想象人文贵。

谢觉哉（1884—1971）　湖南宁乡人。曾任中华苏维埃共和国临时中央政府内务部长，陕甘宁边区参议会副议长，最高人民法院院长。出版有《谢觉哉文集》。

浪淘沙·谒黄陵
谢觉哉

远望郁苍连，抱岭环川，成林古柏势参天。百里荒原青一点，愈见森然。　　碑石付荒烟，唐宋无传，茫茫禹甸几千年。汉武驱胡勋尚在，安用求仙？

庙貌旧①崔巍，孙子宜其，四万五千万有奇。物本乎天人本祖，无限低徊。　　民族惧沦夷，扫墓何为？玄黄涿鹿尚余威。不是人穷才念祖，祖武依稀。

1937 年 7 月 21 日

【注释】

①旧：中国青年出版社 1980 年《谢老诗选》作"仰"，疑有误。据人民出版社 1984 年《谢觉哉日记》1943 年作者"检旧手册"重录该词时，有云"庙貌旧崔巍（现圮甚）。"

黄庙古柏

谢觉哉

五千年庙几兴废，老柏数十长青葱。
蟠根怒出鼍负重，孙枝旁挺虬拏空。
无碑为柏记年岁，开天辟地洪荒洪。
武皇逐虏三千里，解甲挂树来献功。
此树至今二千载，以视巨者孙从翁。
中州神物此为最，鲁楷秦栎俱下风。
神灵呵护犹余愤，中宵风雨吟群龙。

1937 年 7 月 22 日

钱松嵒（1899—1985）　江苏宜兴人。曾任中国美术家协会江苏分会主席，中国美术家协会常务理事。出版有《钱松嵒画集》。

黄陵柏

钱松嵒

千岁黄陵柏，风霜历劫身。
铁柯撑日月，祖国共长春。

赵朴初（1907—2000） 安徽太湖人。曾任中国佛教协会会长，全国政协副主席。出版有《滴水集》《片石集》等。

百字令·谒黄帝陵

赵朴初

群峦抱处，喜平生愿偿，轩辕祠墓。黛色参天惊老柏，世世风云长护。挂甲仙来，攀髯龙去，莫道全无据。村谣野语，民魂跃跃千古。

漫忆历代劳辛，百年血泪，多少烦冤诉。驱去长鲸擒猛虎，从此人民做主。泰岱低头，江河让路，赤帜当空舞。讴歌寰宇，馨香来告吾祖。

1960 年 11 月

陈昊苏（1942—） 四川乐至人。曾任北京市副市长，中国人民对外友好协会会长。出版有《陈昊苏诗集》等。

谒黄帝陵

陈昊苏

黄帝古柏昔人栽，生意万年历盛衰。
后起王权终可废，新兴民主幸能开。
红军儿子回家去，黄帝远孙谒祖来。
誓建天堂还宿愿，登仙不必筑仙台。

1980 年

胡景通（1909—1998）　陕西富平人。曾任陕西省政协副主席，全国政协委员，民革中央常务委员。

桥陵行
胡景通

久仰桥陵古，今登中部原。
山川钟毓秀，古柏荫人寰。
伟业垂千古，华胄亿万年。
清明来祭扫，赤子表心田。
遥望南天云，忆旧怀台湾。
连理枝蔓蔓，何日庆团圆。
四化拭目待，一统展笑颜。

1981 年清明

肖　华（1916—1985）　江西兴国人。上将，曾任兰州军区第一政委兼中共甘肃省委书记，全国政协副主席。

赞黄帝手植柏
肖　华

七搂八拃半，[①]巍哉柏之冠。
世传远祖植，悠悠五千年。
钢枝挺硬骨，铁甲敌炎寒。

霹雳难摧志，风高无媚颜。

阅尽兴衰事，从容向长天。

神州衍斯种，世代泽绵绵。

1982 年

【注释】

①七搂八拃半：黄陵民谚道："七搂八拃半，疙里疙瘩不上算"，言黄帝手植柏粗壮。

贺敬之（1924—）　山东峄县（今属枣庄）人。曾在延安鲁艺文学院学习，任中共中央宣传部副部长。出版有《放歌集》《贺敬之诗选》等。

谒黄帝陵

贺敬之

风云四十载，几度谒黄陵。

古柏今犹绿，战士白发增。

不问挂甲树，但听征马鸣。

指南车又发，心逐万里程。

1982 年 11 月 25 日

张国基（1894—1992）　湖南益阳人。曾任全国侨联主席。出版有《张国基诗文选》等。

汉武挂甲古柏
张国基

叶茂枝荣何壮观，沧桑已历数千年。
挂甲汉武凯旋日，涂地匈奴魂魄寒。
台下献捷拜始祖，陵前朝圣赞先贤。
宛然钉痕犹流液，古柏通灵擎九天。

靳之林（1928—2018）　河北滦南人。曾任中国美协陕西分会副主席，中央美术学院教授。出版有《抓髻娃娃》《中国本原文化与本原哲学》等。

秦直道①
靳之林

半百踉跄拄杖行，秦道似铁梢如墙。
风雪弥漫子午岭，阴山嶂里走长城。
征途常忆小山菊，梦回犹哭满天星。
盛世难除蛇与虎，唐都谁不逐炎凉。
书成仍付炉中火，清凉深处是我茔。

【注释】
①题目为编者所加。

爱新觉罗·溥杰（1907—1994） 满族，清朝宗室。曾任全国人大民族委员会副主任委员。

书贻轩辕黄陵艺术馆虔志景仰之忱
爱新觉罗·溥杰

地灵人杰耸陵庙，虎踞龙腾史足征。
四海一家当此日，人民十亿仰黄陵。

1987 年

梁披云（1907—2010） 福建永春人。曾任香港《书谱》杂志社社长，澳门特区筹委会委员，全国侨联顾问。主编出版《中国书法大辞典》《中国篆刻大辞典》等。

桥山瞻拜（二首选一）
梁披云

桥山弓剑尚依稀，绛气晴光缭翠微。
辟地戡天今胜昔，人文初祖且开眉。

1987 年清明

李　铎（1930—）　湖南醴陵人。曾任中国人民革命军事博物馆研究员。

秋谒黄帝陵
李　铎

金秋十月透微寒，缓步轻歌谒帝岗。
汉武仙台朝北屹，轩辕衣冢向南骧。
万木参天尊古柏，百花铺地荐玄黄。
沮水桥山风物茂，炎黄后世永隆昌。

启　功（1912—2005）　满族，北京市人。曾任北京师范大学教授，国家文物鉴定委员会主任委员，中央文史研究馆馆长，中国书法家协会主席。出版有《启功全集》。

陕西修复黄帝陵征题
启　功

华夏始祖，黄帝轩辕。
垂亿万祀，异姓同源。
遥传四裔，共作本根。
文明蕃衍，永世无垠。

1992 年 4 月

林海绿谷　苍岭古落

黄龙县

　　黄龙县位于陕西省中北部，延安市东南部。春秋属晋。汉属左冯翊。1938 年 1 月成立陕西省黄龙山垦区办事处，1939 年改称国营陕西黄龙山垦区管理局。1942 年，黄龙始有县级区划，成立陕西省黄龙设治局。1948 年，黄龙县成立，归陕甘宁边区政府黄龙分区辖管。国家重点生态功能区，山高林密，景象万千，素有陕西"一叶肺"和"天然氧吧"的美称。黄龙山主峰大岭海拔 1783 米，苍翠耸拔，大岭、关山、界头梁、烂柯山等 11 条大山梁山川绵叠，沟壑纵横。旧石器时代的"黄龙人"头盖骨化石，表明这里中华民族发祥地之一。历史上，境域一直分属周边洛川、甘泉、宜川、韩城、合阳、澄城、白水等县管辖，系诸县交界部，也是难民避灾的移民县，全县人口来自 20 多个省份。新编《黄龙县志》有"古代八景"，即渚水奔涛（又名渚水喷雪、渚水朝宗）、仙洞桃花、云门素练、罗谷丹霞、岳中奇观、松山晚翠、南岭望远、黄龙摇曳。

明

王一贤　四川南部人。举人，官洛川知县。

兴国寺①
王一贤

匹马过山麓，探奇古刹中。
长松巢水鸟，高塔叫征鸿。
往迹余残碣，传灯问法公。
人生蕉鹿梦，了悟总成空。

【注释】

①兴国寺：位于黄龙三岔镇宝塔沟。民国《洛川县志》："在县东廊城东高山麓，内有古塔。"

萧九成　四川内江人。嘉靖三十二年（1553）癸丑科进士，官洛川知县。

黄龙山
萧九成

翠霭嶙峋四望齐，遥山高耸白云低。
清秋笳鼓看鹏起，午夜风涛听马嘶。
圣作雄图天极迥，龙吟物候海编题。
挥毫不尽登临兴，气吐长虹贯紫霓。

不溢池①
萧九成

台殿苍茫一径中，地联海国属神通。
净盂贮水澄三界，宝藏腾云涌碧空。
派接祇园驯鸟语，杯分元度响松风。
降心偶诵西来偈，听取支公说不穷。

【注释】

①不溢池：在界头庙镇曹溪寺，寺建于明万历年间（1573—1620），前有不溢池。

苏　进　河南祥符人。万历三十二年（1604）甲辰科进士，官韩城知县。

韩原二十三章章八句 （选二）
苏　进

八郎五峙，三峡两方。
中多隩区，虎踞龙藏。
岚深霞重，不见三光。
惟有乔木，倚塔高张。

白马潭深，滴水洼混。
诸涧潏来，汇流瀯濒。

有鲤有鲂，有蒲有笋。
筐之罾之，以供觚觝。

白足长　字太初、太李，陕西清涧人。官明朝山西稷山知县，大顺朝大同真保防御使，清朝曲周知县。

朱砂岭①
白足长

尽日人烟断，山行不见山。
长林迷极目，草露滴征颜。
烽僻巢如瓮，碑残字亦删。
鹿麋群大野，天地何闲闲。

【注释】

①朱砂岭：清嘉庆《洛川县志》："朱砂神岭，在县东一百九十里……旧为往来通道……国朝设神道岭营。"

左懋第（1601—1645）　字仲及，号萝石，山东莱阳人。崇祯四年（1631）辛未科进士，官陕西韩城知县、户科给事中、南明都察院右佥都御史。著有《梅花屋诗抄》。

晚宿白马滩灵泉观
左懋第

晚宿灵泉观，烧茶白石边。
水声常似雨，山气静惟烟。

曝柿家家树，分渠处处田。
谁为民牧者，鸿雁未安全。

晋宾王　字德明，号龙盘，陕西韩城人。逸士。

游北池山①
晋宾王

春风策蹇陟西山，花有清香鸟间关。
何处蕨薇堪共采，黄农若在翠微间。

【注释】
①北池山：今黄龙县垁台乡境内。

清

刘　绒　字秉三，洛川人。顺治六年（1649）己丑科进士，官户部江南司员外郎。

白庙川①春日漫兴
刘　绒

散步行吟傍水涯，柳含空翠杏飞花。
一声犬吠烟萝外，惊起鸬鹚队队斜。

【注释】
①白庙川：疑为今垁台乡白庙。

张廷枢　字景峰，陕西韩城人。康熙二十一年（1682）壬戌科进士，官吏部侍郎，刑部尚书，工部尚书。著有《崇素堂讲稿》。

濊水① 奔涛
张廷枢

濊水逶迤断岸高，蛇惊斗折下林皋。
来从西涧影澄碧，卷入黄河声怒号。
绕郭暮飞湘浦雨，出山秋作广陵涛。
临流却笑乘槎使，万里寻源尔许劳。

【注释】
①濊水：今作沮水。

石养源　湖南湘潭人。乾隆四十年（1775）乙未科进士，乾隆四十五年（1780）年任洛川知县。

白城峤寺①
石养源

古刹临溪畔，烟萝石磴分。
泉喧千涧雨，松绕半山云。
磬响空中落，花香静处闻。
蒲团容小憩，已觉净尘氛。

【注释】

①白城峤寺：一名寿峰寺，在今黄龙县崾崄乡，始建于金大定二十年（1180）。

现　代

黄乃桢　号云潭，江苏镇江人。举人，1940 年任陕西黄龙山垦区管理局副局长。

黄龙山即事
黄乃桢

梅未冲寒柳未鬖，龙城二月不知春。
闭门卧尽连朝雪，况是江南劫后身。

空肠得酒换征衣，去去南山猎一围。
不问狐狸先殪豹，深宵结骑踏歌归。

锦雉群飞集石湖，弯弓欲射更踟蹰。
长安思妇今犹病，敢学豪情贾大夫？

陇亩微闻叹息声，春深顿使客心惊。
绿章十上天如醉，故使牵牛缓缓行。

（待耕牛贷款不至）①

废殿无心问鼎彝，愿将顽铁作耕犁。
空王救得苍生活，始是低眉一笑时。

（搜废铁，铸农具）

奋臂驱车去故乡，护持翁媪费商量。
伤心我独轻遗母，白发于今几许长。

（途中见车送父母入山者，不觉感恸）

长庚又复亘中天，大好金瓯缺不全。
尽说劳农登衽席，前村啼哭断炊烟。

（垦区一角入于延安）

两三窑洞十人家，九曲山头日已斜。
多谢使君远相问，摘将甘草煮新茶。

（山中客至，以甘草为茶）

策马高峰亦壮哉，回看从骑在山隈。
饶君意气凌云上，燕市曾无市骏台。

春风吹雪压山城，银杏当春与雪争。
万树杏花千岭雪，今年端不负清明。

【注释】
　　①括号内均为作者自注。

后 记

　　《诗景延安》是关于延安自然景观、人文景观的古典诗词作品。作品主要从延安府志、各州县旧志、邻近省市县志书，古今诗词类书、个人作品集中选录，参阅书刊众多，恕不一一赘列。全书以现今延安市各区市县行政区域为纲，按作品写作时间先后顺序编排。对因区市县管辖地域变动的诗词作品，按现在所在区域予以归属；同一作品有不同出处，一般按照出处最早的作品选录；古书中选录作品本身的错误和细微差别，综合对比不同版本，选用合乎诗词格律的字词，予以简要注释，并注明出处；有少量作品反映的景观现已消失，作品亦予以选录；对因名称相同而实际并非同一地点的景观作品，仔细辨证并做注释；对照著名权威版本，修正部分旧志、选本校注中的疏误。各区市县作品多则多录，少则少录，注重权威性、代表性，兼顾通俗性、趣味性。吴起、黄龙县无旧志，按现在辖区的景观地点从邻近省市县的志书中选录成编。

　　本书的编辑出版，首先得益于延安旅游集团股份有限总公司的高度重视。曹玉兴同志长期从事延安旅游管理工作，见证了新时期延安旅游产业逐步发展壮大的全过程。他在任董事长期间，开拓创新，锐意进取，使公司成为我市旅游企业的龙头和品牌。他深感文化遗存对旅游产业发展的重要性，积极倡议编辑此书。薛恩宇继任延安旅游集团有限公司董事长以后，继续支持该书的编辑。集团公司副总经理秦岭同志具体联系指导此项工作。集团公司所属的延安故事创意有限公司的同志也在工作中给予诸多配合。延安市地方志办公室给予大力支持。

此项工作是把传统文化与现代旅游紧密结合起来的重要尝试，我们以能承担此项工作深感荣幸。该书资料搜集任务重，我们按照各人特长，分工协作，悉心挖掘，打字校对，考证校勘，认真修改，数易其稿。尽管我们做了很大努力，但定有很多不足，尚祈方家批评指正。

部分佳作，爱不释手，又无法与作者联系，未征得本人与所有权人同意，请作者及所有权人与我们主动联系，我们当及时奉赠本书，以表谢忱。

编　者